红色经典儿童文学系列
HONGSE JINGDIAN ERTONG WENXUE XILIE

七根火柴

王愿坚 / 著

南京大学出版社

图书在版编目(CIP)数据

七根火柴 / 王愿坚著. -- 南京：南京大学出版社，
2023.5
（红色经典儿童文学系列）
ISBN 978-7-305-25937-1

Ⅰ.①七… Ⅱ.①王… Ⅲ.①儿童小说—中篇小说—小说集—中国—当代②儿童小说—短篇小说—小说集—中国—当代 Ⅳ.① I247.7

中国版本图书馆 CIP 数据核字 (2022) 第 133102 号

出版发行 / 南京大学出版社
地　　址 / 南京市汉口路 22 号　邮编 / 210093
出 版 人 / 金鑫荣
项 目 人 / 石　磊
策　　划 / 刘红颖
出版执行 / 嘉良传媒

丛书名 / 红色经典儿童文学系列
QI GEN HUOCHAI
书　　名 / 七根火柴
著　　者 / 王愿坚
责任编辑 / 史文靓
特约策划 / 刘　静

封面绘制 / 黄　强　　内插绘制 / 董　晨
装帧设计 / 城　南
印　　刷 / 山东润声印务有限公司
开　　本 / 700mm×1000mm　16 开　印张 /13　字数 /130 千字
版　　次 / 2023 年 5 月第 1 版　2023 年 5 月第 1 次印刷
ISBN 978-7-305-25937-1
定　　价 / 25.00 元

网　　址 / http://njupco.com
官方微博 / http://weibo.com/njupco
官方微信 / njupress
销售咨询热线 / 025-83594756

★版权所有　侵权必究
★凡购买南大版图书，如有印装质量问题，请与所购图书销售部门联系调换

照耀新时代少年的明亮灯火
——写给小读者的话

徐鲁

每个孩子的内心深处，都会有一个英雄梦。儿童教育学家认为，几乎每一个孩子发蒙开智的心弦，最初都是由"英雄崇拜"这双巨手拨动的。人类从遥远的神话时代开始，就保持着传播英雄故事、礼赞英雄业绩、用伟大的英雄故事来激励后人的传统，一直到今天。

亲爱的少年朋友们，当你们打开这套书，看到的是一代代早已远去的少年的背影，是生活在烽火岁月和艰苦年代里的一代代中国少年的成长传奇。这些故事和故事里的主人公，曾经激励了几代热血少年，去追寻自己的英雄梦想，去把美好和豪壮的英雄梦想变成了追求理想、献身理想的行动。

一代人有一代人的生活经历，一代人有一代人的精神特征，一代人也有一代人的理想追求。但无论是处在哪个时代的少年人，有一点是共同的，那就是：都拥有梦想，都富有朝气和力量，都追慕和崇拜英雄人物，都愿意以美德为邻、与高尚为伍，都深深地爱着我们美丽的祖国母亲……

在那些异常艰难的生活环境里，在兵荒马乱、炮火连天的岁月里，在凄风苦雨、长夜漫漫的成长道路上，这些曾经和自己的祖国、民族、亲人们一起受苦受难的孩子，他们一个个从懵懂、幼稚渐渐走向成熟，由胆怯、弱小变得勇敢、坚强，直至成为敢于战斗、勇于担当的少年英雄，成为富有远大理想、富有崇高信念的"红孩子"。为了保卫自己的家乡和亲人，为了民族的自由和解放，为了新中国的到来，他们用各自殷红的少年热血和无私的心灵，谱写了一曲曲壮丽澎湃的生命之歌。

当然，这样的生活，这样的童年经历，不可能再在今天的孩子们身上发生了。但是，"忘记了过去就意味着背叛"，让今天的孩子们重温过去的峥嵘岁月，勿忘我们的祖国和民族曾经有过的屈辱和苦难，牢记我们的祖辈和父辈为之奋斗的那些理想和信念，是十分必要的。阅读这样一些"昨天的故事"，孩子们将懂得，今天的和平、安宁和幸福的日子是多么来之不易，祖国的新生，人民的幸福，大地上的和平，还有孩子们的欢笑……都是无数的革命先烈抛头颅、洒热血，用自己的生命换来的。

中华民族是一个伟大的民族，是一个团结友爱的大家庭。热爱祖国，团结齐心，热爱理想，热爱劳动，自强不息，助人为乐，勇敢自信……既是伟大的祖先留给我们的美德，也是一代代"红孩子"留给我们今天的同龄人最好的精神财富。这些伟大的美德、高尚的心灵和感人的励志故事，就像珍贵的金子一样，将伴随着今天的孩子成长，长成富有美好的感情、坚强的毅力，富有智慧、力量、理想和信念的一代新人。"红色少年别样红。"什么是无私和崇高的精神？什么是伟大的信仰和理想？这些红孩子的故事可以告诉我们一些最真实、最完美的答案。

　　在这些笔调温暖、主题明亮、故事澄澈、价值观健康而清晰的励志小说里，温润的成长慰藉，细致的心灵疏导，对弱小的生命的悉心关怀，对人性之初的深切的爱与知，都像涓涓流淌的温暖小溪，像照射进清晨的小树林的明亮阳光，融化在清丽的文字描写和娓娓动听的故事讲述里。

　　这些故事，也是引导和照耀着新时代中国少年的心灵与理想方向的最明亮的灯火。在少年成长过程中，诸如爱心、谅解、互助、荣誉、自尊、宽容、奉献，还有爱国、理想、勤劳、感恩、意志、信念、创造、担当等积极和崇高的价值观，都是不可缺失的。

　　那么，请打开这些"红色经典"，让我们一起回到那战火纷飞、旗帜招展的年代，回到星星和火炬光芒闪耀、少年壮志不言愁的年代……

目录

1	粮食的故事
23	老妈妈
48	三张字条
81	赶队
100	后代
121	歌声
134	村野的火星

160	七根火柴
165	休息
176	小来红——一位将军的回忆
184	灯光
187	早晨

粮食的故事

吃罢了晚饭，我到县人民政府去找郝吉标。

访问郝吉标的事是今天才决定的。听寇县长说，郝吉标是这里的一个"老革命"，一九三三年的乡工农民主政府主席。在老区游击斗争最困难的时候，他协助游击队做过很多事。现在就在县政府的"老区办公室"工作。

县政府离我住的地方不远，从一个丁字街拐弯，北面的一条街就是。我沿着大街走着。这个小城里的大街本来就不宽，路中心又平铺着晒上了稻谷，显得更拥挤了。那粮食大概是县粮库的吧，有几个青年人在用推板把它推拢起来。

我一边走一边想：这个老革命该是个什么样的人呢？

到了县政府一打听，有人告诉我，郝吉标刚给干部讲了话，现在正在家呢。

郝吉标住的地方就在"老区办公室"的旁边，是一单间四角方方的小屋子。我敲了敲门,没见回声;推开门一看,郝吉标正躺在床上,手里捏着支竹烟管,两眼直直地盯着床顶子出神。见我是个生人,才慢慢地坐起身。

"好嘛!"我对他说明来意后,他回答道。一面慢条斯理地整着鞋子。我看出,刚才他似乎在想什么事情,现在有意这样来平静一下心情。

在灯光下看来,他已经是个老头儿了,虽然穿着一身半新的蓝布制服,仍然掩不住他的年纪。看上去六十上下,前脑门的头发全秃了,额角显得很高,上面满布着细细的皱纹。他的眼神显得有些疲倦,我猜他是因为刚才讲话累了,就说:"你刚刚做过报告,要是累了,咱就另找个时间谈吧。"

"只是随便谈了谈购粮的事,不累。"说着他站起身,神情有些激动,"咱这里头一次搞购粮工作,找全县的干部来布置任务,有个别干部,称斤掂两的,怕任务重了完不成。嘿,这些年轻人,他们就忘了这些卖主都是些什么样的人啦。咱这老根据地里,四十岁往上的人,哪个不是刀山上爬、油锅里滚过来的?打土豪分田地、三年游击战、八年抗战[①]、敌后坚持……二十多年来为的是啥?如今革命成功了,二次分了田,要搞社会主义建设了,他们有什么舍不得?过去豁上身家性命也干,现在国家拿钱买粮食,

---

①这里指全面抗战,实际抗日战争共持续了十四年。

倒怕他们舍不得了？气不过，我就把过去我们闹革命的事讲了讲。"

话一开头就扯到正题上了。我说："那就请你把给大伙讲的事再给我讲讲好不好？"

他点了点头，默默地摸过烟管，抓了把牛毛似的烟丝按到烟锅里，猛吸了几口。透过烟气，我又在他脸上看到了刚进门时看到的那种表情——大概他又回到当时的情景里去了吧。半晌，他才抬起头来，把椅子往前挪了挪，和我面对面谈起来。

"现在说话，已经差不多是二十年前的事了。一九三四年，刚交秋，我们这里的主力红军就参加长征去了。本来，我已经收拾好了东西准备跟上走，谁知通知来了，却是叫我留下做地下工作或者上山，坚持敌后的游击斗争。好吧！既然组织上这样决定了，那我就先留下来再说。主力红军在的时候，虽说白军不住歇地'围剿'吧，我们这个地方可总还保持着革命根据地的样儿，那时候日子红火得很，支援前线啦，动员扩大红军啦，组织生产啦，办夜校啦……一天到晚忙个不停。可是这会儿，红军就要和我们分手了，他们要翻山涉水地远征了，这多闪得慌啊！

"我还清楚地记得主力撤走的那天，天阴着，下着小蒙蒙雨，我们忙着凑给养，弄担架，安置伤病员，组织欢送……那才真叫忙咧。一会儿这个说：'乡主席，炒米弄好了，往哪儿送呀？'一会儿那个问：'俺村担架来齐了，还不派人带我们走？'这些没打发完，红军来了个司务长：'乡主席同志，俺连借老乡的铺草还来了，您来看着过过秤！'他刚走，连锅烟还没来得及吸呢，县委派通信员来了：'组织主要红属转移，通知赤卫队骨干上山……'这样，这伙来了那伙去，从天不亮到下半夜，才把事情办完。

"直到静下来的时候，我才有空想想自己的事：是留下做地下工作呢，还是上山打游击？本来这两条路都可以走，可是红军一开拔，弄得我心里火烧火燎的，说不出是什么滋味，恨不得杀几个白鬼子解解恨。想来想去，打定了主意：上山！

"主意是打定了，说走就走。可这一走说不定得几年几月，总得和家里商量商量，把家安排一下呀。我家里人不多，只有老婆孩子两口。老婆是好样的，和我一块儿参加党，在乡妇女会工作。我上山她一定会同意的。俺俩结婚十多年，就生了一个小子。这孩子也着实讨人喜欢，我打心眼里疼他，胖胖的脸，高鼻梁，水汪汪的两只大眼睛显得又聪明又机灵。那时候他正在'列宁小学'里上学，也还有工作——当童子团的分队长。功课是好样的，工作也干得挺好。三次反'围剿'时节，他才九岁，他们童子团帮助照顾伤员、烧水、喂鸡蛋、削果子皮、端屎尿……没白没黑地干，他妈喊都喊不回来。我还记得有这么一件事，有一个受伤的干部同志把文件包丢下了，别人又不认得那伤员的模样，那孩子拎着皮包随担架队找了两三站路才找着，把文件还了那干部。那干部为了感谢他，送了他一支钢笔；为这事学校里还奖励了他一把镰刀。……你看，说着说着，我就扯远了。那时候，谁不夸这孩子有出息？乡亲们、同志们见了都好和我开玩笑，他们说：'老标呀，你算有福气，别觉得你这个乡主席干得蛮好，这孩子大了，说不定还能当个县委书记呢！'这话我也信。他确实是个好孩子呀……"

说到这里，他把话停住，伸手摸过烟管，又吸起来。我随着他的动作看去，他那拿着烟管的、苍老的手微微有些发颤。在他脸上，刚才谈到红军长征、谈到根据地生活时的兴奋神色消失了。我问道："你的孩子现在也参加工作了吧？"

他且不答我的话，直盯盯地望着我，半天，突然反问我："你怕也快三十了吧？"

我回答了他。他轻轻掰着指头，低声地说："一九三四，一九四四……现在该是三十一岁了，比你大好几岁呢。开辟的那年是七岁，取名叫红七；红军走的那年是十二……咳，你看我扯到哪里去了。咱再接着谈。

"当时，我向我老婆说：'我打算上山了，反正我今年才三十出点头，吃得了苦，跑得了路，到山上去多为党干点事情！'

"少不了还安慰了她几句，我说：'我的脾气你也知道，干革命是干定了，为了革命，就是刀山也去爬。好在红七也大了，拖累不了你，你留下来就按县委的指示坚持下去！'

"老婆自然不会反对我这么做，只是要分开了，免不了有些留恋，她张了张嘴，似乎有什么话要对我说。这时孩子倒插嘴了，他歪着头瞅瞅我，又瞅瞅他妈，说：'让我爹去吧，上山打白鬼子，一枪一个，跟红军叔叔一样！'看，孩子还在给他妈做工作呢。我笑了笑，问他：'我走了你在家干什么？'他板起脸很正经地回答我：'爹，你放心走吧，我已经大了。我在家挑水、打柴、烧火、照顾我妈。还有——'他很快地弯腰钻进床底下，拿出个旧首饰盒子，找出几本'列宁小学'的课本朝我一晃：'我可以自己念书。老师说以后白鬼子来了，不能上学了，要自己学哩。'本来要分别了，心里不大好受，叫他这一阵话，逗得我俩都笑了。

"当晚，我把家里安排了一下，就上山了。

"上了山，组织上挑来拣去给了我一个合适的工作：当全游击支队的总务。总务这个工作，说实在些，就是伙夫头儿——管全队的吃饭穿衣。论说，这工作是我的老行当了，红军反'围剿'时期，我们政府工作的头一宗大事不就是筹粮办衣、支援前线？不过那时候有根据地，我们只要发个号召，就什么都齐全了。现在呢，根据地被白鬼占了，要吃要穿得自己来，总务这活儿就难干了。

"那时候，我们游击队就住在南边离这六七十里路的大山里，找个隐蔽的山窝窝，挖个坑坑，上面罩把雨伞，或者搭上堆树枝，挡着露水，这就是房子。吃的呢，有上山以前运上来的粮食，就在晚上趁敌人看不见烟的时候把饭做好，做一顿吃一天。锅不够用，我们就把鲜竹子砍了来，把米洗净，调好水装进去，扔在火里烧，等竹子烧焦了，饭也熟了。这一阵，我这总务当得也还顺当，说声要开饭，虽然没有什么好的吃，掺了红薯丝的米饭总可以塞饱肚子；虽是少油没盐，倒也还有点咸菜什么的吃。

"就这样，我们坚持了几个月的斗争，趁敌人还没站住脚的时候，瞅机会打了几个小仗，倒也打击了敌人的气焰，镇压了反动地主，提高了人民的信心。

"不过，这只是开头几个月的情况，那时有山下支应着嘛。白鬼吃了些苦头，知道这些红军队伍虽少，可不能小看，硬打可又怕吃不消，就想出种种办法来对付我们。这一来，情况就渐渐紧张起来了。大概是腊月天吧，一天晚上，松厝的宋祥老爹偷偷上山来了，他把一担糙米和一口袋红薯丝子交给我说：'老标同志呀，这怕是我们送来的最后一份粮食了。白鬼现在实行"并村"，把我们的人都弄得离山远了，把路也都卡住了，以后，我们再送东西就难了。'这位宋祥老爹是个出了名的倔强人，刚开辟根据地的时候，他就是最先参加贫农团的，白鬼把他抓去吊了一天一夜他也没哼一声，现在，说着说着倒流下泪来了。我知道，他是为我们山上这一二百个同志的困难难过呢。

"不用说，这也不是松厝一个村的情况，村村如此——敌人明斗斗不过，想困死我们。

"根据这种情势，领导也尽力想办法，像瞅机会打个小仗、打打回乡的土豪，等等，多少可以解决点问题。但是这时敌人刚进根据地，数量上占着优势，防范得也严，这样做代价太大。而且和山下的组织一时联系不起来，这样，供给就几乎全断了。偶尔也还有个别党员同志瞅个空隙，拼着性命绕小道上山，送点东西来，但这样做非常危险，有几个同志就因为这样做而受了损失。这种行动被县委制止了。

"于是山上的日子一天难似一天：冷了没有衣服穿；伤员病员增加了，没有药治；弹药不足；情报不通……但最困难的还是吃的。我把剩下的几百斤米分了一下，留出一部分来，专给伤员病号吃；其余的按人分配。开头每人每天能吃到半斤米，以后就是六两、四两、二两……①这样，大多数同志就只好找野菜、挖草根充饥了。这山上发青的东西，我们哪一样没吃过呀，什么野菜、蘑菇、笋芽、青苔，还有各种各样的树皮、草根，林里的走兽，河里的鱼虾……只要能吃的，就往肚子里塞。人家说神农尝百草，我倒真成了神农了。每天提着把破刺刀，遍山这里找找，那里挖挖，这个嚼嚼，那个尝尝，尝到几种不苦的野草、野菜和树皮，就拿出样子，带领大家去挖。我吃过很多怪草，也病过几场。

"其实，就这么着，也不能哄饱肚子。个个都饿得面黄肌瘦，病号也一天天多起来。你不是见过寇县长吗？他当时病得可真够厉害的，天天发高烧，眼睛发蓝，浑身瘦得就剩了把骨头了。野菜汤吃不下，想吃点稀饭又没米做。我每次看到他那蜡黄的脸色，心里就难过。还算好，我们安排的陷坑打到了一只黄羊，他才算支撑住了。记得当时进行了一次小战斗，仗打得倒挺干脆，撤出战斗的时候，担任掩护的那个班里有一个叫牛光的同志负了伤。按说像他那样的轻伤，满可以坚持跑出来，可是，因为饿久了，

---

①旧制计量单位，一斤为十六两，半斤为八两。今市制半斤为五两。

身子虚，跑不动，掉了队，等我们发现了，返回去找他，他已被敌人追上，牺牲了。我听了这事以后，不由得掉了眼泪。牛光，多好的一个同志啊！他不能说是打仗打死的，是饿死的。这时候我真后悔，当初为什么不留下来做地下工作！我想，反正在山上总务的事已经没的干了，我过去做过乡政府主席，现在倒不如趁着敌人'并村'的乱劲，回到群众里去，和群众一道，设法往山上弄粮食。支队政委——县委书记批准了我的请求，当天，就派我跟上侦察员绕山脚下转，看准上山的小道，摸清敌人活动的规律，以后好和山上取得联系。

"第二天黑夜我就下山了。我按着宋祥老爹上次说的地址，找到了我的老婆孩子。他们在敌人实行'并村'以后，就随着大伙搬到松厝来。刚见面，我差点认不出他们来了。他娘俩又黄又瘦，原来这半年来，他们受的折磨也不比我们山上少多少。老婆见了我，也吓了一跳，我的头发胡子挺长，走路一瘸一拐！她以为我真的负伤残废了，摸着我那用破布烂麻捆扎着的腿，差点流下泪来。我把腿一伸，蹦了两蹦，笑着说：'糊弄白鬼哩。快给我弄饭吃吧！'又把情况对她讲了讲，她才放了心。红七更抱着我亲个不住。

"我原想回家能吃到点像样的饭食呢，谁知道拿来一看：两个红薯丝子窝窝，一截子少盐没味的腌黄瓜。唉，就这也比野菜强啊。我一边吃一边想：听宋老爹说，'并村'以后，家里还有六七百斤粮食，同志们都帮着运出来了，怎么就能没了？我问她，她说：'见天吃嘛，还能吃不完？你吃的还是红七的饭哪，你看我吃的！'说着，又拿出两个窝窝来。可不，这是野菜做的，里面还拌和着一些树皮，撕都撕不动。她拿着窝窝往我手里递，顺手捏了我一把，又望了望红七。这一来我才明白：一定是她把粮食藏起来了。

"晚上，趁孩子睡了，她才告诉我说，两个月以前她就做了打算，藏起了二百多斤粮食，一粒也没动，为了怕日后日子更苦了，孩子咬不住牙，连孩子也背着，就准备着往山上送。她还告诉我，几个摸得到情况的党员都组织起来了，知道山上一定困难，也都做了准备，就是白鬼看得太严，也摸不清山上的情况，没法往山上送。

"山上是咬着牙挨着，山下也是扎紧了腰带过日子呢。无论如何也得把粮食送上去。可是粮食不是一根针一条线，塞在裤腰里就带上去了；要送就得拿出办法来。但目前最要紧的，还是安下身来。

"为了躲避白鬼子，我不能住在家里，商量了半天，还是老婆出了主意，她说，可以在我们房后破墙根底下挖个地窖。白天我就睡在里面，晚上再出来活动。这个主意倒不错。好，说挖就挖！我叫醒了红七，小声告诉他：'上后院挖地窖，给爸爸住！'这个小鬼可机灵呢，爬起来就跟我们去了，搬石头、抬土，干得还特别起劲。三个人干到天放亮，我把窖口用草掩上，把周围的土迹打扫干净。

老婆又在窖上架起一些木棒,堆上些甘蔗梢子、乱草,从外面一点儿也看不出痕迹,倒好像是个柴火垛一样。这就是我的屋子。里面铺的是沙和软草,能躺能坐,就是不能晒太阳。

"第二天夜里,老婆把几个党员找到一块儿碰了碰头,商量送粮的办法。他们见我回来,都高兴得不得了。我的天哪,什么法子没想到哇!有的说:把米做成干粮,不显眼,也好带些;不行,带不了那许多。有的说:把粮食放到一个地方存起来,叫山上派人来拿;也不行,山上只能派个交通下来,带不了多少。要多派人来,就要和白鬼子明干,这样做划不来不说,暴露了组织可不是玩的。最后宋老爹出的主意提醒了我。他说:'把粮食藏到木柴里,不就送上去了?'大家一听,'扑哧'一声都笑了。俗话说'靠山的吃山'嘛,像咱们这靠山住的人家,烧的是山上的,现在烧柴正缺呢,哪有担着柴火上山的?可我倒听着这话有点意思。我说:'大家别笑,这办法倒能行,不过可不是担柴火。咱们不是正缺柴吗?咱就要求上山打柴,咱的竹杠都是些空大竹,可以把竹节打空,装上米,带上山去。这么着人多点,次数多点,"燕子含泥垒大窝",就能把粮运上去。'

"大家听了以后,都说这是个办法。当时没有柴烧是实情,连白鬼子也没有什么烧的了,现在老百姓要去打柴,他们当然同意。不过他们提出了个条件:打回柴来一半交公,还要派人跟着去。跟就跟呗,反正我们早就计划好了,跟着还不是睁眼瞎!

"从此,我们的人就从敌人眼皮底下往山上运起粮食来了。早上,宋老爹他们按计划成群结队地上山,到那山深林密、记号明显的地方,伐倒几棵竹子,截成竹杠晒着,把装了米或者装着盐巴、咸菜的竹杠就那么乱七八糟地一扔。傍晚,用新竹杠担起柴捆下山。留下的那些'米袋子'让游击队的同志收拾好了。

"我把第一次送粮的事情安排好了以后,在群众掩护下,撇拉着腿溜出村子,然后偷偷摸摸地绕小道上了山。我一到营地,同志们见了就问我:'老标,这几天你上哪里去了?'他们还不知道我下山的任务呢。我高兴地说:'当总务还能干啥,还不是弄粮食给你们吃?'

"'真的?''搞到了没有?'……大伙'轰'的一声把我包围了。

"我说:'怎么不真?你们再把腰带勒紧一小会儿,天黑跟我去担粮食!'

"大伙叫着、闹着,把我一扔老高。连支队长也高兴地握着我的手说:'这粮食来得好,正要干他一仗呢,你给大伙加了油了。'我也打心里痛快:为了咱红军游击队能够生存,为了打击白鬼子,就是把我的肉割下来我也心甘情愿啊!

"事情一直还算顺利,我在当地群众的掩护下,行动也很方便。后来，敌人甚至没有怀疑到我这个'又老又瘸'的人，有时候，白天我也能随便走走了。

"用竹杠送粮，本来送得好好的，要是没有什么意外，我们就那么做下去了。可是就有那么些不顺心的事：秘密叫敌人发觉了。

"有一次，这些担柴的人爬山爬到半道上，想抽管毛烟歇歇，谁知跟着我们的那个白鬼一眼看上了宋老爹烟包上那个白玉坠子。那些白鬼贪心得很哪，上手就抢。这玉坠子是宋老爹老辈里传下来的，宋老爹又是个倔脾气，哪里肯让？两人就抢起来，那家伙下不来台，抄起竹杠就要来硬的，这一来我们的事就露馅了。

"事情被发觉了，宋老爹被敌人打得死去活来，但是，他老人家真不愧是共产党员，至死也不讲是谁组织的。当时几个人都被抓了去关在牢里。这还不说，难处是：敌人更加注意了，上山打柴不准了，在通山的大路上都放上了巡逻；山下的粮食都挨家查算了，稍微富裕点的，都被白鬼抢走了。白鬼子还规定：谁要是把粮食运出庄，就是犯了'私通共产党'的罪。

"这些，幸亏我们早有准备，所以粮食损失得不多。

"敌人发现了我们，山周围各村也不能干了，山上又像以前那样困难起来。听说这几天倒进行了一两次战斗，估计可以有些缴获。但是，我这当过总务的知道：游击作战缴来的食物不会多，支持不了几天哪！

"一连几天我都吃不安、睡不宁。一想起山上的那些同志的模样，心里就难受得不行，连吃窝窝也没有味道；一想到为了送粮食牺牲的宋老爹，也就更觉得自己责任重大。难道就没办法了？难道能眼看着让山上同志们饿坏了，让红旗倒下来？不行，还得想办法！

"我和其余的几个党员正谋虑着下一步怎么办呢，交通带来了山上的指示。党指示我们：想办法把粮食集中起来，放到可靠的同志手里，随时准备着，等山上局面发展了以后派人来取，或者山上急用的时候设法运上山去。

"在敌人的身边，怎么能把粮食凑集起来，还不留一点儿痕迹呢？我们党员们开了几次会，商量了几个晚上，最后才想出了办法：做'买卖'！我们找了几个可靠而又懂行的同志，弄了几口大缸，搬了一盘水磨，凑了几条粉袋子，开起粉坊来。

"我们这买卖做得可够奇怪了，叫作：有买卖没生意，有门面没货物。我们做了几十斤粉条，往外面一晾，就停了工。每天，我把红七打发在门口看粉架子，我们几个人把手和腕肘用粉浆抹抹，就在屋里开起会来，研究地下斗争的问题，什么反收租啦，反夺田啦，了解情报啦……工作一件一件地研究、布置，简直像过去的根据地一样。红七是个信得过的机灵孩子，他摇着根小竹鞭儿，在粉架子旁边找个站得高望得远的地方站着，看起来像打雀子，实际上他的眼珠四下里转呢，一发现有白鬼或者可疑的人，孩子就尖着嗓子吆喝：'咄咄！'小鞭子甩得一阵山响。高兴了他还指桑骂槐地骂两声。我们一听到他的喊声，就各人抓住一件活计忙起来：把磨过几遍的粉渣再磨一次，把滤了几遍的粉浆再滤一遍，白鬼看看我们还真忙咧。自然啰，有时候我们也确实去卖一点儿货，不过都是挑到远处镇子上去，或者是挑到现在咱住的这城里卖，而且照例是带不回钱来的——城镇里的党组织也需要经费给山上购办药品呢。

"这个办法倒也真是好。党内同志和靠近党的群众，把俭省出来的粮食大摇大摆地挑到我们这粉坊里来。白鬼子要是盘问，回他一声：'到粉坊去入个股！'其实，除了红薯，粮食早都让我们收藏好了。白鬼有时也来探问我们，我们也有话说：'生意好着哩，看这红薯堆得像小山，都是赚的呢！'就这么着，个把月的工夫，千多斤粮食神不知鬼不觉地存起来了。

"粮食是有了，可是怎么运上山呢？有的同志急得不耐烦，催我：'破着命，咱拣小路送上些去吧！'是呀，为了山上能有吃的，豁上条命倒也算不了什么，可是不到万不得已的时候，不能冒那个险；人受了损失，还会暴露了组织的活动。我说：'别忙，等山上实在急用，党自然会来指示，到那时候再说吧！'

"果不然，过了没多久，一天晚上，交通带了书面指示来找我了。指示很简单：'即将作战，无论如何送一部分粮食上山,当夜送到。'下面是支队长、政委的署名。平常,我们往来都是不用信的,有时用信也不署名,现在支队长、政委都亲笔签了字,又是'无论如何',又是'当夜送到',看来是万般紧急了。可是怎么送法呢？已经是半夜了,临时找人不方便,就是找到了,路也不熟悉,交通马上又要到别处去,只有我自己去了。我寻思了一下,就叫醒老婆商量。我说最好和她一道去,一来可以多带些,二来她是个妇道人家,白天回来报信方便些。她想了想说:'还是让红七跟你去吧,红七大了,自己能回得来;村里的事我在家里好布置一下。'还是她谋虑得对,这指示要传达给那几位同志,万一我送不到,第二夜好再设法。我说:'好吧,我们这就动身,你明天一早通知那几个同志,说我从双冲口那条路上去了,要是明晚见不到信,就是我们没送到;再派两个同志分头换两条路往上送！'

"当晚,我们收拾停当:弄了两副担子,我挑副大的,约莫七八十斤;另一副有二三十斤,是红七的。这百十斤粮食,足够山上同志们吃一顿饱饭了。我把东西收拾好,把红七叫起来的时候,他还睡得迷迷糊糊的,问我:'天还不亮,就去打雀子？'我说:'今天不打雀子了,去给你红军叔叔送粮去。'他高兴得'呼'的一声蹦下床来,说:'好呀,山上的叔叔有枪,阿爹你给我要一支好吗？我也可以打白鬼子！'临走,我老婆拿出两个粉渣做的饼子递给红七,怪不过意地对我说:'就这两个啦,给他回来路上吃；你回不来，就只好在山上再喝两顿野菜汤吧！'又对红七说：'回来的时候小心点。等你回来，妈给你弄点粉浆，做顿糊糊犒劳你。'

"我们爷儿俩悄悄地走出了庄，估摸着敌人巡逻队的空隙，拣了条没人走的小山道，紧脚紧步地往山上爬。那情景现在想起来还真真的呢：月黑天，对面不见人影，白鬼们为了壮胆，像狼似的满山嗷嗷叫。我们沿着山道往上爬，不一会儿，连压加累就弄得汗直淌、气直喘了。我还得顾着孩子，走一段路就小声喊一声：'红七！'他总是随口答应：'噢，在呢！'听着他那奶声奶气的话，我确实有点心痛：十二三岁的孩子，没有根竹杠高呢，就得跟着我拼着性命黑更半夜地爬山。要是将来红军再打回来，革命成功了，那时候，我一定对他这么说：'孩子，打天下的日子你也过过，你该知道革命胜利不容易呀。好好地为党、为人民干工作，把咱整个国家建设得比以前的根据地还要好！'——同志，那时候咱还想不到自己的新国家是什么样子，不知道会怎样建设呢——我还得告诉他：'等日后胜利了，吃好穿好的时候，别忘了山上同志们吃草根树皮的苦日子，是他们吃了这么多苦，你这年轻的一辈才享这么大的福哇！……'

"我正没边没沿地想着呢，红七紧步跑上来了，惊乍乍地说：'阿爹，你听……'到底是孩子耳朵灵，可不是，前面远处树棵子里'唰唰啦啦'直响，仿佛是有人走动，听声音人数还不少。糟糕！一定是碰上白鬼的巡逻队了。我拉了红七一把，一折身就拐到另一条小路上。可是已经晚了——我们走得急，脚步重，米筐子刮着树枝发出了响声，被敌人发觉了。他们把枪栓拉得一阵响，乱吆喝起来。这时候，我们手无寸铁，没法抵抗。我想，反正不能叫敌人抓了活的，我们撒腿就跑。跑哇，跑哇，白鬼子紧跟在屁股后面追，虽然天黑看不清，听声音是越来越近了。我挑着个担子，又得顾孩子，越跑越没劲。我一边跑一边想：看样子是难以逃脱了，扔了米跑吧，山上急等着用粮食，舍不得丢，而且就是扔了也不一定能逃得脱；不扔吧，叫敌人追上了也是人粮两空。怎么办呢？……这时，红七还紧跟着我，呼哧呼哧直喘气呢。我听着他的喘气声，蓦地想出了一个法子。可是当我这样想着的时候，我自己不由得浑身都颤颤起来：儿子，多好的儿子……这叫我怎么跟他妈交代呢……可是，不这样又不行，孩子要紧，革命的事更要紧！也许我能替得了孩子，可是孩子替不了我呀……

"背后敌人的吆喝声越来越近，越来越高，不能再犹豫了。我停住脚，放下担子，一把抱住了儿子。我觉得他那么小，他的肩膀多么嫩啊！我咬着牙说：'孩子，把筐子给我，你，你顺着这山坡往西……跑，跑，跑吧！'说完了这句话，我觉得我的眼泪'呼'的一下子涌出来了。孩子好像还不懂我的意思，我摸了摸他的头，把脸贴在他头上，又说：'听爹的话，孩子，跑吧，把声响弄大点！'

最后这句话我仿佛不是从口里说出来的,是从心里跳出来的。这回他大概懂了我的意思了。他忽地直起身,把一把什么东西塞到我手里,拔腿就往西跑下去了。

"孩子跑了。他顺着山坡跑了。他脚步卷着碎石头、绊着草棵子跑了。他跑去的那个山坡上一阵'唰唰'的声响,那声响啊,那么响,那么响,就跟从我心上跑过去一样。

"这响声惊动了敌人,白鬼子们转身向着我儿子跑去的方向追过去了,追过去了。

"我把孩子的两个箩筐叠在我的筐上,挑起了担子。嘿,好沉呀!这时我才发觉手里拿着东西。我捏了捏,那是红七他妈给孩子的两个粉渣饼子。我又向孩子跑的方向望了一眼:夜,黑漆漆的,什么也看不见。

"我挑着担子钻进了东边一丛小树林,折上了另一条小路。

"当我踏上小路的时候,在孩子跑去的方向,传来了一阵杂乱的枪声。

"我挑着担子往前走。不管石尖扎脚藤绊腿,我登山迈岭地走。我觉得担子更重了,重得像两座山,我还是担着,担着;我觉得脚像踩着棉花,软绵绵的,我还是走着,走着……

"在天快亮的时候,我到了支队的营地。专为接我的同志们,因为走岔了路,没能遇上,这会儿,他们接过了我那两副沉重的担子。

"早晨，支队长把全队集合在一个大竹林里。把我担上去的粮食摆在队伍面前。支队长首先让我讲讲这次运粮的经过。我站在队伍前面，望着那一张张黑瘦的面孔，和那嵌在这些脸上的闪闪放光的眼睛。他们是那么憔悴，可又那么坚强。他们叫人从心眼里相信：有了他们，革命就会胜利！我心里暗暗地说：'孩子，你死得值得啊。'我简单地讲了讲这事的经过。同志们都难过地低下了头。我向前跨了一步，说：'我来的时候，孩子托我向大家要支枪。这自然是孩子话，可我记得真真的。现在我替我自己，也替我孩子说一句：支队长、政委、同志们，给我一支枪，让我参加这次战斗吧！'我说完了，又从怀里掏出那两个粉渣饼子，小心地放到坐在前排的一个小同志的手里。

"接着，支队长讲话了。他指了指身边那两担粮食，说：'同志们，这粮食，是山下的同志和革命群众咬着牙省出来的，是同志们拼着身家性命送上来的。这不是粮食，这是人民的心！我们是革命的武装，人民给我们吃的，要我们更好地坚持斗争，争取革命胜利！我们要再一次用战斗的实际行动来回答人民的支持！现在，我命令：同志们，立即擦拭武器，准备战斗！炊事员赶快淘米做饭！一分队长，把红旗升起来！'

"一面鲜红的红旗扯起来了。在翠绿的竹林梢头，旗子迎着刚升起的太阳，那么亮，那么红！"

说到这里，郝吉标煞住了话。他抬起手，猛一挥，把眼角的泪水擦去。他脸上那沉思的表情也好像随着手的一挥消失了。他昂起头,两眼直盯着我,把椅子又往前挪一挪,说:"同志,我今天在会上讲的也就是这些。粮食,是农民的宝贝,我们过去为它流过血呀!你说,在那样的时光,我们都肯流着血把它交给革命,支持革命斗争,现在,要建设自己的社会主义国家了,我们还有什么舍不得呢!"

辞别了郝吉标出来,已经是夜里十二点钟了。月亮清清亮亮地挂在天正中,路上显得空荡荡的。我沿着大街走着。在我低下头时,看到街心里成堆的谷子,一堆挨一堆,像一列金色的帐篷,每一粒都发着光;当我抬起头时,越过屋顶的上空,看到远处高高的山顶——那就是我们人民曾经流血、战斗的地方。看着这一切,想着刚才的故事,我不由得想起了这位革命老人的话:"这些人都是些什么样的人啊!"

我站在粮食堆旁,向着那暗蓝色的、重重的山峦,望了很久很久。

一九五五年五月十五日初稿
一九五六年一月二十四日二次修改

老妈妈

　　今年春天,我请假到福建去了一趟,去看看我的妈妈。
　　说来你也许感到奇怪:一个江西人,他的妈妈怎么会在福建?而且你也听我说过,我的一家人早在二十多年前就叫国民党匪军杀害了,就剩下我这个独丁,这个妈妈又是哪里来的?
　　不管你怎么疑惑,我得对你说:这次去看望的,实实在在是我的妈妈。
　　这事三言两语说不明白,你听我详详细细告诉你。
　　一九三四年十月间,我们北上长征的队伍,走到明水溪这个地方,遇到敌人的阻挡。我就在抢渡明水溪的战斗中负了伤。这次伤势并不重,只是右肩胛上嵌进了一块炮弹皮子,虽说流血多点,可是没伤着筋,没动着骨,要在平时,治个半月二十天也就好了。谁知道受伤的时候不对,这么点伤倒把我的生活一下子全改变了。

战斗结束以后，卫生员把我的伤口包好，我刚要坐起来，教导员就来了。他看了看我的伤势，跟我说："老张，上级决定把你留下来。你参加红军以前，在苏区做过地下工作，现在就先到苏区医院去休养吧！养好伤以后，参加敌后的游击斗争。"你看，这不就变了？眼看着就和同志们分别了，部队往西我往东，心里真不是滋味。可是，这次部队过了明水溪，就要一个劲地向西挺进，前面有千山万水，有数不清的战斗；而我呢，现在已经不能参加战斗了！好吧，在哪儿还不是干革命工作？好在参军以前苏区的好多地方我都熟，再过起当年刚开辟时的生活吧！

当天晚上，我就上了担架。当地群众抬着我绕着山间小路，一站倒一站，往医院走。因为流血太多，加上走的是山林小路，颠簸得厉害，就好像是头朝下，被人倒拖着走……也不知过了多久，我昏昏沉沉地听见一个苍老的女人的说话声："哟！这不是张同志吗？"

这是谁呢？这是什么地方？我想睁开眼睛看看，可是眼皮好像被什么东西粘住了。接着，就觉得有人扶我躺在软软的铺草上，一只粗糙的手轻轻地抚摸着我的前额，又动手解开我的绷带给我换药。那人一边换药，一边叨念，那声音听来就像是从天外边飞来的……

不知是什么时候，我醒来了。一睁眼就听见身旁一个人在抖弄什么，口里低声地咕哝着："这个鬼地方……"到底是什么地方呢？我向周围打量了一下，四周漆黑，没有灯火，只有远处约略有些亮——大概是窗子吧？我的两侧都有人躺着，不时传来低低的鼾声和呻吟声。"这回可到了医院了。"我正想着，忽然，"吧嗒"一声，凉森森的一个水点子滴在我的脚上，我挪动一下脚，发现脚底下已有一小摊水了。我问刚才说话的那人："同志，下雨了吗？"那人"扑哧"一声笑了："哪里，头顶上一座山，再大的雨也淋不透。那是渗水。"

我怔了一下，伸手一摸，身边是一片湿漉漉的冰凉的石壁。噢，原来是在山洞里！

我正要问，只见亮处一暗，一个人摸索到我的近前，低声地问："张同志，你要喝水吗？"我听清楚了，说话的还是那个苍老的女人。

我还没有来得及回答，旁边那位同志就说话了："渴了张开嘴，滴下来的水，准能把肚子胀破！"大概这话把她惹火了，只听她用严厉的口气说："刘同志，你的话怎么那么多？连这点苦也吃不了，你还能干革命？"说着递给我一杯水，又爬到洞口去了。

我睡不着，就和那位刘同志闲扯起来。听他说，自从红军开始长征以后，白鬼子跟着就进了苏区，为了坚持敌后斗争，地方党政机关有的转入地下，有的上山打游击了。医院也化整为零上了山，我们二十几个伤员就住在这个山洞里，搬到这里已经有十多天了。这个同志谈话之间流露出一种不好的情绪，一会儿说警卫太少了，只有一个班，太危险；一会儿又说生活太苦，吃的东西只靠下山偷偷地搞来一点儿，还吃不饱；一会儿埋怨没有药治伤，只靠点盐水洗洗，看护员又少……

这些我听着觉得怪刺耳的，只是又想不出怎样说服他，我截断他的话，问道："刚才那个女同志是谁？"

"你问她的名姓，怕谁也不知道，同志们都管她叫老妈妈。她的职务也说不清，她也算咱这个医院的副队长，又是政委、看护员、炊事员、采购员，还是情报员……反正这洞里的事她一手包干。人倒是个好人，听说是老革命了，就是年岁大了，腿脚不灵，嘴又啰唆……"

他一气说了半天，我总弄不清这个女同志是什么人，而且奇怪的是她还认识我。我竭力思索着过去接触过的人，怎么也记不起这个人来。想着想着，不知不觉又睡着了。

　　过了一会儿，我被一阵急促的脚步声惊醒了。洞口乱糟糟的，人们喊喊喳喳，议论着什么。洞里的伤员同志们都半坐起身子或者抬起头，静静地听着。看样子是有了情况。洞外的人刚才说些什么话我没有听到，只听见那位老妈妈低声说："好，快走吧！"人们回答了一些什么，伴着一阵紧张的脚步声，洞口的人们走了。

　　老妈妈转过身来，对我们说："刚才发现山下有白鬼子，队长已经带着警卫班去了，大家别慌。要是情况紧张，有人掩护我们，也有人帮助咱们转移。现在咱把东西准备一下。"说着，她钻进洞来，帮着一个个伤员穿衣服，穿鞋子，收拾东西。还不住地抚摸着伤员的身子嘱咐说："别怕，别慌……"仿佛她一抚摸就会把人的惊恐抹掉似的。这使我想起刚才刘同志的话，她的一举一动，真像个妈妈啊。她招呼着全体同志把衣服穿好之后，又迅速地把自己身边的东西收拾了一下，然后走出洞去，伫立在洞口，望着发现敌情的方向。

　　约莫过了一个钟头，北面山脚下就响起了枪声。一阵激烈的射击之后，响枪的方向转向西面，越来越远了。

　　洞里紧张得没有一丝声息，大家似乎都在考虑着同样的问题：情况到底怎样？

　　一个钟头过去了，又是一个钟头过去了。老妈妈还在洞口站着。洞里仍然是静悄悄的，只有洞顶上的渗水"吧嗒，吧嗒"有规律地滴着。

　　天放亮的时候，队长派来联络的老孙回来了。他一进洞，就歪倒在铺草上，老妈妈赶紧给他包扎着脚上的伤口。大家几乎是同时问道："情况怎么样？"老孙把眼睛一闭，喘了一口粗气说："队长叫赶快转移！"

　　原来他们刚到山腰，就发现敌人在布置搜山，队长马上带着队伍插到山下的胡家墩，从那里兜屁股打敌人，想转移敌人的注意。敌人果然转过身来追，他们且打且走，打算把敌人引上西边的云峰山。谁知道刚到云峰山口，就遇上了另一股敌人，由于前后受敌，同志们大部分牺牲了。队长他们拼着全力掩护着三个同志突围出来；两个人去找特委取得联系，一个人回来送信。老孙在突围的时候，脚上又负了伤，所以回来得晚些。他说，在分手的时候，队长判断：他们警卫班受了损失，可以暂时麻痹敌人一下，但是，看样子敌人怕还是要搜山的；而且又怕去和特委联络的同志路上出岔子，所以要山上自己设法隐蔽或者转移一下。

　　一听这情况，洞里登时乱了起来。老刘第一个放大嗓门喊着："唉！这下子可完了，完了……"随着，洞口一个小伙子就向外爬。我也急得不知怎么是好：敌人说不定什么时候来，这不是些好胳膊好腿的人哪！

　　正在这时，老妈妈忽然霍地站了起来，对洞口那个小伙子说："和伢子，你先躺好！要转移也不能这样转法啊！"

然后，她走到老刘跟前，厉声地说："老刘哇，一伙十多个人，就数你叫得凶！什么'完了，完了'！你想想，你说这话能对得住长征路上的那些同志不？"黑影里看不真，只望见她的肩头在抖动，大概这会儿她气愤得厉害。

老妈妈把沉不住气的老刘、和伢子数落了一顿，洞里马上安静下来。老妈妈移到洞口边，倚在洞壁上，冲着大家，放开嗓子说："同志们，咱把话说明白，这阵子是很危险，敌人包围着我们，谁要害怕、动摇、受不了苦，就站出来！我老婆子就是爬也要把他送下山去！"说到这里，她特意把话顿住，停了一会儿，见没有一个人想站起来，才又和缓地说："队伍有头家有主，如今队长不在这里，这个家就由我来当。你们管我叫妈妈，哪个妈妈不疼自己的孩子？有妈妈在，就有你们在！这里不安全，咱们想办法；没有吃的，这不是！"她从腰里摸出一件什么东西，用力抖了抖，里面铮铮作响："这是特委留下的钱，我可以偷着下山买米给你们做饭吃；钱花光了，我就是下山讨饭，也不能让你们饿着……"

她说完了这些话，就疲倦地歪着身子坐在洞口，连声咳嗽着。洞里鸦雀无声，我只觉得那个和伢子的胳膊在我眼前晃动，大概是在抹眼泪；就是咋呼得最凶的刘同志也不再吭声了。

山上的松涛呼啸着，风，把早晨的浓雾一团团地刮进洞里来。

休息了一会儿，老妈妈欠起身，低声地叫道："主力上下来的张同志，你能到外面来吗？"我一边答应，一边摸索着爬到洞口，靠她的身边坐下。她把嘴俯在我耳朵上，小声地问："我记得你是党员，是不是？"

"是的！"我回答。对这样的人用不着隐瞒。不过那时候党是秘密的，她怎么知道我是党员？

"你这个党员，不好，不好……"她把声音压低，不满地说，"刚才乱成那个样子，你怎么不管呢？党叫你这样做来着？"

"我……我……"她批评得对，我只觉得脸一阵发烧，不好意思地嗫嚅着。最后我低声问她："你怎么知道我在党？"

"知道，知道……你伤口疼得厉害不？我们到外面去走走。"我点点头，她搀着我受伤的那只胳膊，慢慢地走出洞来。

洞外，是一块光坪。太阳已经露脸了，在弥漫的大雾里看去，像个通红的大火球。在洞里待得时间长了，乍一出来，简直不敢睁眼，腿也软得无力。她搀着我向一棵大树走，忽然自言自语："大妈，有开水吗？我可要开的。"

听到这句话，我不由得一怔。迎着朝阳，我眯着眼睛仔细地打量了一下她的脸。到现在我才看清她的面容：苍老的脸上，刻着一条条深深的皱纹，门牙也残缺不全，在她的左眼下，有一个黄豆大的疤痕……噢，想起来了。那是一九三一年的秋天，我奉命到潮汕地区去和一个新成立的组织接头。我按照交通的指点，到了山脚上的一棵大树跟前，看见一位大娘坐在那儿做针线活儿。我走到她身边，粗声粗气地说了句："大妈，有开水吗？我可要开的！"这是党为我们约定好的联络的暗语。

她怔了一下，抬头望了望我，会意地笑了笑，掸着身上的土站起来说："傻孩子，把我吓了一跳！开水，有，有！过两年再见了你大妈，大妈还给你酒喝呢。来，跟我来！"她四处瞧了瞧，见没有人，便领着我钻进了一片茶丛。就在那里，我会见了要见的几个当地党的负责人，在那扑鼻香的茶花丛里开了会。

会快开完了，猛听得山腰里传出一声嘹亮的山歌："高山顶上一株梅，山歌越唱越出来……"是她在唱。这是告诉我们：有人来了。我们几个人便分散开，悄悄地离开了茶丛。

在那以后不久，我到了红军队伍里，东征西战，就再也没有见到她。之后听说因为闹革命，她丈夫牺牲了，她带着快要成人的两个儿子进了根据地。想不到又在这里见到了她。她比三年前老多了，看上去有六十岁的样子，嘴角上添了皱纹，鬓角也花白了。

她把我扶到树下一块石头上坐好，收敛了笑容，问我："这几年你在部队上干什么工作？"我说："当排长。"她说："老张，刚才我说了你两句，话重一些，你别见怪。这里就咱两个在党,他们大部分是这块儿'白'了以后才上山的。咱俩得把这担子担起来。"

嘿,人家这才叫党员呢,碰到情况首先想到的是工作,是怎么把困难的担子担起来。可我呢,还没往这方面想呢,真惭愧!我把当前情况考虑了一下,说:"我看,头一桩事就是要设法挪一挪地方!"

"挪是要挪的,可是队长说得很在理:经他们这么一打,我想敌人一两天是不会上来的。眼下头一桩事倒是要弄吃的。这话只能对你说,咱已经没有口粮了。再就是组织组织,把大家的心定住。至于转移,总得先找好地方,不能让这些伤员睡在露天地里呀!"接着,她谈了谈她的打算:她要我临时担任这里的队长,她赶下山去探听一下情况,顺便弄点吃的来。

她考虑得倒很周到,只是我怕她年老爬不动山,我想:我虽然受了伤,身子虚些,可是年轻,腿脚还好,不如我去一趟。我把这个意见说出来以后,她说什么也不答应。她说:"你还有重要的事要做呢!"说着随手摸出腰里的两个手榴弹和一支驳壳枪交给我:"带上这个。"等我默默地接过武器,她才接着说:"这地方,前面是条独道道,后面是一漫斜坡。要是敌人果真来了,就得立刻把路卡住,让同志们满山坡跑。这十几个人的安全,全靠你了,你要仔细啊!"接着又递给我条米袋子,摇晃着说:"这钱,你存着。我拿了两块去买米。这是以前同志们伤好了出院时送给我的,积了这么多,我一直保存着,现在它成了咱们全部的经费了。"这样说来,特委并没有留下钱,刚才她那样说是为了要安慰同志们啊。

虽然,在战斗中,我接受过千百次任务,但今天的情景,却使我格外感动,不知怎么的,我想起了我的生身妈妈,想起了妈妈在我参加革命时,把她存了半辈子的"体己"交给我的情形来。

我们把事情商量好了,又回到洞里。大概因为我是主力上来的,又是个干部,大家都同意由我暂时负责。我拿过那支驳壳枪来擦着。这工夫,老妈妈早已趁着雾大、不会暴露目标的时候,点上了火,烧了开水。她把开水舀出来一些,冲了盐水;又把米下到锅里。然后,端着一茶缸盐水,挨个给伤员擦洗、包扎伤口。她这一切做得那么仔细,那么沉着,就像一个经验丰富的老护士似的。这种镇定的情绪感染着洞里的所有的人,大家都安定下来了,人们脸上又露出了笑容,甚至有的人还在洞口地上画上棋盘玩起"堵白鬼"来。

老妈妈把事情弄完了以后,抄起一根竹杖,对我说:"我去了,等米烂了,你盛给大家吃。"又故意放大声音说:"下午我回来得晚,你舀米自己做吧!"当她走到洞口时,却附在我耳朵上说:"别忘了,把稠的盛给伤重的同志吃呀!"

老妈妈走了以后,我用根带子把受伤的膀子吊起,四处走了一圈，察看了一下地形，又把伤员组织了一下，选出几个伤势较轻的同志轮流放哨。我们静等着老妈妈回来。

时间真难熬啊，太阳已经落了，还不见老妈妈回来。我出去望了好几次，除了遍山荒草、大树、怪石，什么也看不到。更难的是粮食没有了，同志们都在忍着饿呢！

黄昏时分，我决定顺着山路去找找看。我沿着小路往下爬了约莫半里路，实在爬不动了。我靠着一棵大树，四下瞭望了一下，远远地看见路旁草丛里好像有一个人影在蠕动，我警惕地拿出了枪，问了声："谁？"一个微弱的声音回答："是我。"我走上去一看，正是老妈妈。只见她脸上、手上满是血迹，两肘两膝上的衣服也破了。她趴在地上，头前放着一个包包，她用手和头顶着那个包包，正吃力地往山上爬。我连忙跑上去，激动地叫了声："妈妈！"她见我来了，咧开干燥的嘴唇笑了一笑。我用一只手拎着东西，她扶着我，就上了山。

她一进洞口，就忘记了劳累，挤在人堆里，看看这个，瞧瞧那个，像多久不见的亲人一样。她摸着年龄最小的和伢子的手，抱歉地说："孩子，饿坏了吧！上了几岁年纪，走道不利索，真是……来！"说着，解开了包包。这个包包简直是个杂货摊，里面有约莫十来斤的一小袋米，有打糕，有窝窝、红薯、干红薯丝子，有一块豆腐，有一个小南瓜，还有几卷各种颜色的布——大概是给我们包伤口用的。她把可吃的东西按人们的伤情轻重分了分，说："今天晚上先将就着吃吧,明天,妈妈给你们煮白米饭、南瓜稀饭,还给你们做个野蒜烧豆腐吃呢!"说着,点着她那花白的头,呵呵地笑了。

同志们饿了一天,现在每人都拿着一样东西吃起来。大家有说有笑,洞里的空气顿时活跃了。正吃着,忽然和伢子喊了声:"老妈妈哪里去了?"

我连忙跑出洞来找,只见她老人家正坐在一块大石头上,两手捧着一样东西在吃呢,见我去了,忙把手里的东西掖在衣服底下藏起来。我好奇地抢过来一看,原来是一块草根、菜叶、红薯丝、烂南瓜杂拌的窝窝。我猛然想起,刚才不是她拿不动这些东西,是饿得没劲了啊!我眼眶子一热,一把抱住她:"妈妈,你……"

"别嚷,别嚷,别叫同志们听见。"她赶紧向我摆摆手说,"老张,弄点吃的不容易啊!再说,山下的群众也大都吃这个。"

我硬把自己手里的一块煮红薯和她换过来。她慢慢吃着,和我谈起今天下山的经过来。真叫不容易啊:她下到村里,装作讨饭的叫花子,沿门乞讨。自然啰,这么一个五六十岁的老婆子,是不会引起白鬼的怀疑的。她去的净是些贫苦人家,看出哪家可靠,就和他们谈起红军,告诉他们"是弄粮食给受伤的战士吃的",于是群众就挑最好的东西交给她,还给她从米店里设法买来了一点儿白米。可是山下地主豪绅都回来了,又是加租又是夺田,群众生活苦得很，因此讨来讨去只弄了这么些东西。说到这里，她忽然顿住，拍拍我的手说："我顺便打探了一下情况，白鬼子民团现在正在'围剿'云峰山，对于我们住的这个地方也很注意，今天就有人拿着望远镜往山上望呢。咱们更得提高警惕了！"停了一会儿，她好像又想起了什么，笑着说："把钱给我一半，我已经找好了可靠的群众，托他们给买了米存着，以后用起来方便。"

这天夜里，我被老妈妈的行动感动着，久久不能入睡，再加上夜里值了两次哨，早晨醒得很晚。醒来的时候，老妈妈早已做好了饭，换完了药，又下山了。

一个白天，我都花在组织伤员互助和跟他们谈话上。我把老妈妈下山搞粮食的经过谈了谈，还把老妈妈瞒着大家吃的东西给同志们看了。这件事比什么话都有力，同志们当即谈论起来，老妈妈待同志们的好成了大家的话题。和伢子被感动得擦眼抹泪的，一定要把自己的饭留出来给老妈妈吃。最爱嚷嚷的老刘也怔怔地沉默了一天，最后才对我说："老张，我的伤势轻，有什么事只管叫我干，要不，我对不住妈妈呀！"

这天，天黑定了，老妈妈才回到山上来。今天她回来得更晚也更疲惫，却比昨天高兴。她一见我就兴冲冲地说："老张，可好啦，总算老天有眼，我找着好地方了，又好，又安全。"

听了她的话，我才知道她出去看新的营地去了。我问她:"离这里有多远?"她说:"就在东面的赤金坪,大概有二十里路吧。"我思索了一下,不由得暗暗吃惊了,二十里路,来回就是四十里,在一天里爬山越岭走这么多路……唉,这位老人家为了这些伤员——为了党的工作,她什么办法没想出、什么苦没吃到啊!

  第二天清早,我们开始转移。老妈妈在头前引路,腿脚还好的同志们把伤腿的搀起,把伤脚的背起,跟在后面走;我搀着一个同志走在最后,走一段,回转头去把踩倒的草扶起来。就这样,我们攀藤附葛,从乱石丛生的斜坡上走下了山,涉过一道小溪,又爬上了一座山头。从拂晓走到太阳偏西,才到了我们新的家。

  真难为她老人家,怎么能找到这样一个好地方。这也是个山洞,但比原来那个山洞好多了,这地方,不走近前你怎么也看不出是个山洞来。它正在一个突出的山石嘴子下面,岩石上的藤葛垂下来,成了洞口的帘子;洞前的小树密密麻麻,成了个天然屏障。里面也比原来的洞子宽敞得多,尤其使我们惊奇的是,洞里打扫得干干净净,连地上的坑坑洼洼也都用碎石仔细地填平了,而且在洞口不远处的一块光坪上,平平地摊晒着一大堆茅草。现在,只要把那又干又软的茅草往洞里一铺,就可以安安逸逸地住起来了。这些,不用说,都是老妈妈干的。

  我怀着激动又有些好奇的心情问老妈妈:"你怎么找到这个地方来的?"

她笑了笑回答我说:"只靠我,跑断腿也找不到这样的好地方啊!这是群众帮我找的。"原来她下山弄饭的那天,在一个打柴的老头儿那里打听到了这个秘密的地方。

我们再也用不着提心吊胆了。这天晚上,我们在这既安全又舒适的地方舒舒服服地睡了一觉,连老妈妈也睡得十分香甜。

就在我们搬家的第三天的拂晓,我们从洞顶上望见,我们原来住的那个方向起火了。老妈妈去侦察了一次:原来白鬼子搜查到了那里,把早先警卫同志住的寮子点着了火。但是,他们扑空了。

日子过得飞快,自从发生了情况,我们离开组织独立生活已经有十多天了。这些天来,因为住得舒坦吃得好,伤员的伤口都见好了;我的伤口也已经封了口,掂掂拿拿也不觉吃力了,而且还帮助老妈妈到山下一个石壁缝里拿了一次粮食。可是这些日子可苦了老妈妈,她一天到晚,东跑西颠,除了做饭、换药以外,要下山弄粮食,还要抽空到原来那个山洞去瞭望,看有没有特委联络员来。这样的生活,把个老婆婆折磨得更加消瘦、苍老了。她的背似乎更驼了些,头上的白头发更多了。有时候给同志们洗伤口,洗着洗着,眼睛一花,伤口洗不上,倒往好肉上擦起来;做饭忘了添柴、加水,更是常有的事。每逢这样的时候,同志们都劝她:"好妈妈,你歇一会儿,让我们自己来吧!"她总是执拗地摇摇头,说:"快给我走开,别碍我的事。你们年轻人不知道老年人的心哪！我亲手做的饭，觉得你们吃着香；我亲手给你们换了药，就觉得你们伤口痛得轻些。我就巴望着过几天，特委来了人，你们的伤也好了，我把你们领到上级跟前，说声：'好，你看，又是个身强力壮的小伙子！你领了去打白鬼子吧！'那我就没心事了。"真的，每当哪个同志的伤口有些好转，她就显得高兴；哪个同志多吃了点饭，她就喜得合不拢嘴。

这天，吃罢了早饭，我到外面闲逛去，溜溜达达走到了山腰的水潭边上，正碰上老妈妈在那里给伤员洗衣服。但她并没有洗，双手按住一件衣服停下来，怔怔地呆住了，衣服漂得满潭都是。我走过去一边帮她捞衣服，一边问她："妈妈，你实在太累了，歇歇吧！"

她看看是我，叹了口气说："我哪里是累的，是愁的呀！特委至今还没有来人，咱的那点钱也花光了，现在粮食顶多还能支持两天，吃光了以后怎么办哪！"

我一直不大过问粮食的事，听她一说，我也发愁了。我试探地问："山下不能再想想办法？"

她摇摇头："山下群众让回乡的土豪搞得苦得很，匀不出来呀。唉！"

她一提到土豪，我不由得心里一动，我说："妈妈，你还记得不，咱们刚开辟的那阵子，组织起贫农团，把土豪一逮，土地一分，粮食家具一大堆……咱能不能再在这些家伙身上打打主意？"

她听我说完,眼睛登时亮起来,拍着我的肩膀说:"嘿,你看我老糊涂了,怎么没往这上面想呢。对!打打土豪,解决了困难;也告诉那些白鬼,咱们游击队还在!"

"可是,咱没有人手,又没有武器……"我说。

"看你这傻孩子,咱们不是人?咱们也有枪啊!"这会儿,她的兴头比我还大,"前两天我下山,群众告诉我:胡家墩胡绍祖那杂种回来以后狂得很,杀人害命烧房子,坏事做了无其数,早该镇压一下子了。听说自从上次让他们占了点小便宜,他就更不知天高地厚了。他自认为天下太平了,就把来给他保家的保安团全撤了。我看可以搞他一下。不过,"她看了我一眼,"打仗这桩事我不在行,就得靠你了。你跟我一块儿去看看怎么样?"

"好!"我爽快地答应了。

我们又商量了一会儿,决定说干就干,当天就上胡家墩去逛逛。老妈妈连衣服也顾不得洗了,我们俩一气奔回洞里。我把情况和大家谈了谈,选出了老刘、和伢子和回来报信的那个警卫班的老孙三个伤口快好全的同志,让他们准备好,天黑以后在山根下等我们,如果情况合适,当天就动手。我换了身衣裳,太阳一歪,就跟着老妈妈下山了。

黄昏时分,我们趁着天黑钻进了胡家墩。老妈妈把我安置在一家可靠的人家,又出去串了几家,把情况对照了一下。胡家的情况和白天老妈妈说的差不多:驻在这里的保安团的队伍真撤走了,护家的只有六个团丁,还有两个到别处去催租去了。为了彻底查清地形，我们俩就往胡家宅院走。听说这胡家宅院是全村最大的一所房子，两进大瓦房，两丈高的围墙，高高的门楼，厚厚的门扇，闹革命以后，胡绍祖吓得窜到潮州去了，这房子就成了乡政府的办公处；这块儿"白"了以后，他又跑回来收拾收拾住了进去。我跟着老妈妈围着这个院子边走边瞧，先看了看大门，就往宅后转。谁知那么凑巧，一转到胡同口，迎面碰上个团丁。那家伙晃悠着个电筒，哼哼唧唧地往前走，差一点儿和我撞个满怀。

"干什么的？"

我正要答话，老妈妈暗暗扯了我一把，上前应道："孩子病了，去找人瞧病才回来。"她从腰里掏了掏，摸出不知什么时候预备好的一张纸递过去："看，这是药单。"

那家伙把手电朝我晃了晃，大概是看见我这二寸长的头发和那张蹲山洞憋白了的脸孔实在像个病人，恶狠狠地骂了声："穷鬼！"又摇摇摆摆地走了。

我真佩服老妈妈的沉着。黑影里我慢慢地跟着她绕胡家宅院走了一圈，看了个仔细，就钻进了一条小胡同。

老妈妈压低声音问我："怎么样？好下手吗？"

我说："人倒不多，要是干得巧，我们能对付得了，就是墙太高，门又结实，我们腿脚不灵便，进院子有困难。再就是摸不清这些家伙睡觉的地方，堵不了死老鼠！"

"要是有人从里面偷偷地打开门呢？"

"那当然好，"我说，"可是这门我们的人谁能进得去？"

"这交给我来办。"老妈妈蛮有把握地说，"胡家的那个长工老头儿阿盛我认识，他也是个受苦人，我去找他帮帮忙！"我躲在暗处，看着老妈妈径直向大门走去。黑暗里只听得她轻轻地叩门，并且小声地说："阿盛哥，你行行好吧，天快下雨了，让我到里面门洞里躲一躲吧！……"接着又听见一个老头儿低声说了些什么，不久传来她的一阵咳嗽声。我知道事情妥了，就拔腿往山根跑去。

半夜时分，我们进了村子。四个人分成了两组，我带着和伢子和老刘，直奔胡家大门，老孙在村口担任警戒，掩护后路。武器太少，我们只能分给老孙一颗手榴弹，剩下的一颗和一支短枪，由我们带着。到了胡家大门前，我听了听动静，捂起鼻子装了声猫叫，随即贴到门上去。不一会儿，门闩一响，大门"呀"的一声开了。我一步抢了进去，老刘、和伢子也跟进来，老妈妈、阿盛老爹随即把大门关好。我压低了嗓子问老妈妈："人都在哪里？"

阿盛老爹连忙接上答道："胡绍祖在北屋，西屋是团丁们，做饭的婆子和丫头们都在东厢房。"

我冲老刘把手一扬，两个人就奔了西屋，那里还点着灯，我在窗户外边，侧耳听了一下，屋子里鼾声打得山响。我把门轻轻地拨开，端着枪一步跳上了床。老刘忙着把墙上挂着的枪摘下来。我轻轻地喝了一声："起来！"几个睡得糊里糊涂的团丁，从梦中惊醒过来，一看我和老刘的架势，吓得滚下床来，不住地求饶。我赶紧又补充了一句："不许喊！"这几个人才乖乖地缩在墙边。老刘向门外招呼了一下，和伢子跑了进来，大家把四个团丁活活捆住，用破布堵住了嘴。

在这当儿，老妈妈已经把东厢房里的婆子、丫头们唤醒了，告诉她们："红军来了，马上就可以放你们回家。"这些都是受苦人，被胡绍祖拉了来干苦工的，巴不得赶快回去和家人团聚，现在听说红军来了，都乐得合不拢嘴。

我把西屋的门锁上，叫和伢子到门口巡风，随后带着老刘直奔胡绍祖的住房。老妈妈紧跟在我们的身后，也来到北屋。

北屋里大概听见了动静，灯光一下子暗了。我们踹开门进去，借着昏暗的鸦片烟灯一看，床上只有一个妖里妖气的女人，抱着床被子打战，胡绍祖不知哪里去了。看样子这家伙跑了没多久——那婆娘对面的烟盘子里的烟枪上还有半截鸦片烟泡没有吸完。可是人到哪里去了？翻遍了床底、天棚，也没找着。我正在发急，老妈妈捏了我一把，伸手向墙角的一只木箱子指了指。我顺着她的手势看去，见那箱上的锁鼻儿在轻轻地晃动，我明白了，就举起枪，向那箱子比量了一下。那婆娘见我们发现了，号叫一声就扑到箱子上，哭喊着："别开枪啊！"话音没落，箱子里"砰砰"打出了一梭子弹,胡绍祖的小老婆被打死了,老妈妈的额角也擦伤了。老刘骂了一声,朝着箱子打出了半条子弹,箱子被打得粉碎,胡绍祖蜷曲在那里,一动也不动了。

我们估计城里的白鬼当晚赶不到这里,便从容地打开了胡家的粮仓。当我看见满囤子粮食的时候,又大大犯愁了:凭我们这几个人,带上缴来的枪支弹药,还能带得了多少粮食?我问老妈妈,老妈妈却笑着说:"有办法,有办法!"话还未了,外面一阵脚步声,闯进来了六七个人,阿盛老爹也跟在后边。大家像早有准备似的,一色地带着竹杖、挑箩。原来,老妈妈早在刚进庄串门子的时候就约好了人,现在听见枪响,都赶来了。

老妈妈一面招呼人们装米,一面对阿盛老爹说:"阿盛哥,我们就走,请你招呼人来分东西吧,天亮以后敌人要来的。别忘了,我们走了以后,给我们收拾一下足迹。"阿盛老爹说:"你们尽管走吧,这些事都交给我办!"

真是人多势众,大家七手八脚地装了一些米、咸盐、干菜,还搞到一块咸肉、两只火腿,几个年轻的农民担着,由老刘、和伢子带着,找着老孙绕道上山了。

老妈妈把胡绍祖家的衣物分给婆子丫头们一些,又给了些钱,让她们各自回家。

我把几个团丁放开,跟他们说:"我们是工农红军,专为穷人打天下的,你们要再帮地主们作恶,可得小心脑袋!现在给你们几个钱,各自谋生去吧!"团丁们也千恩万谢地走了。

已经半夜，我们也该走了。临走，老妈妈拉了我一把说："你不是会写字吗？留下几个字警告白鬼一下！"

我就着胡绍祖的桌上，随手写了几个字："白匪们：你们再进行收租夺田吧，再杀害劳苦人民吧！看，这就是你们的下场！"写完，我问她："下款怎么写？"

她毫不迟疑地说："中国工农红军游击支队！"

这次打了土豪，我们的情况大大改变了：不但我们这医院的问题解决了，而且打击了白匪的气焰，鼓舞了人民斗争的信心。在我们这座山的附近到处流传着红军游击队又在打土豪、分田地的故事。甚至还有些人把这事添枝加叶地编成了神话般的故事，说："山上的红军有观音老母护佑着呢，她老人家用手一指，土豪的铁门就开了；她的手一挥，民团就不能动了；她咳嗽一声土豪就吓死了……"其实，谁能想到，这件事是一个年老的妈妈领着几个伤员干的呢！

但是，打土豪的事没有继续干下去。十多天以后的一个中午，老妈妈领着我们的队长回来了。我们的队长在那次战斗中并没有牺牲，突围出去以后就去找特委了。只是特委也在流动，一时没有找到。当他见到了特委，接到了指示往回走的时候，他简直没有想到还会再见到我们，更想不到我们会生活得这样好。

队长带来了特委指示：一切伤愈的同志都要立即分配

到各个支队去，开展斗争。一旦联系得好，医院也要很快转移了。当天，我就要随着队长到特委去。这样，我就和这位敬爱的老妈妈分别了。

在这短短的二十多天里，我已经和这位妈妈建立了真正的同志的又是母子般的感情，猛一分手，心里总是有点说不出的滋味。

黄昏，我收拾停当，就上路了。老妈妈把我一直送到山腰。临别，她紧紧地拉着我的手，长时间抚摸着我的脸颊、肩膀！二十多天来，在那样艰苦的环境里，我没见她流过一滴眼泪，现在眼泪却大滴大滴地流下来。我也忍不住流泪了。她说："孩子，这些日子，你张口闭口叫我妈妈，按年纪我也够得上做你妈妈了，听说你也是没爹没娘的孩子，就把我这老婆子当你亲妈吧！走吧！妈妈没有什么话好说了，日后有机会，别忘了给我个信；还有，你要把咱这段生活牢牢地记着！"

我说："是，记住了！"

我迈开大步走了。走出了好远，我回转头来看时，只见老妈妈还站在岭头上向我张望，她那花白的头发，迎着山风，微微地飘动着。

一九五五年十月八日

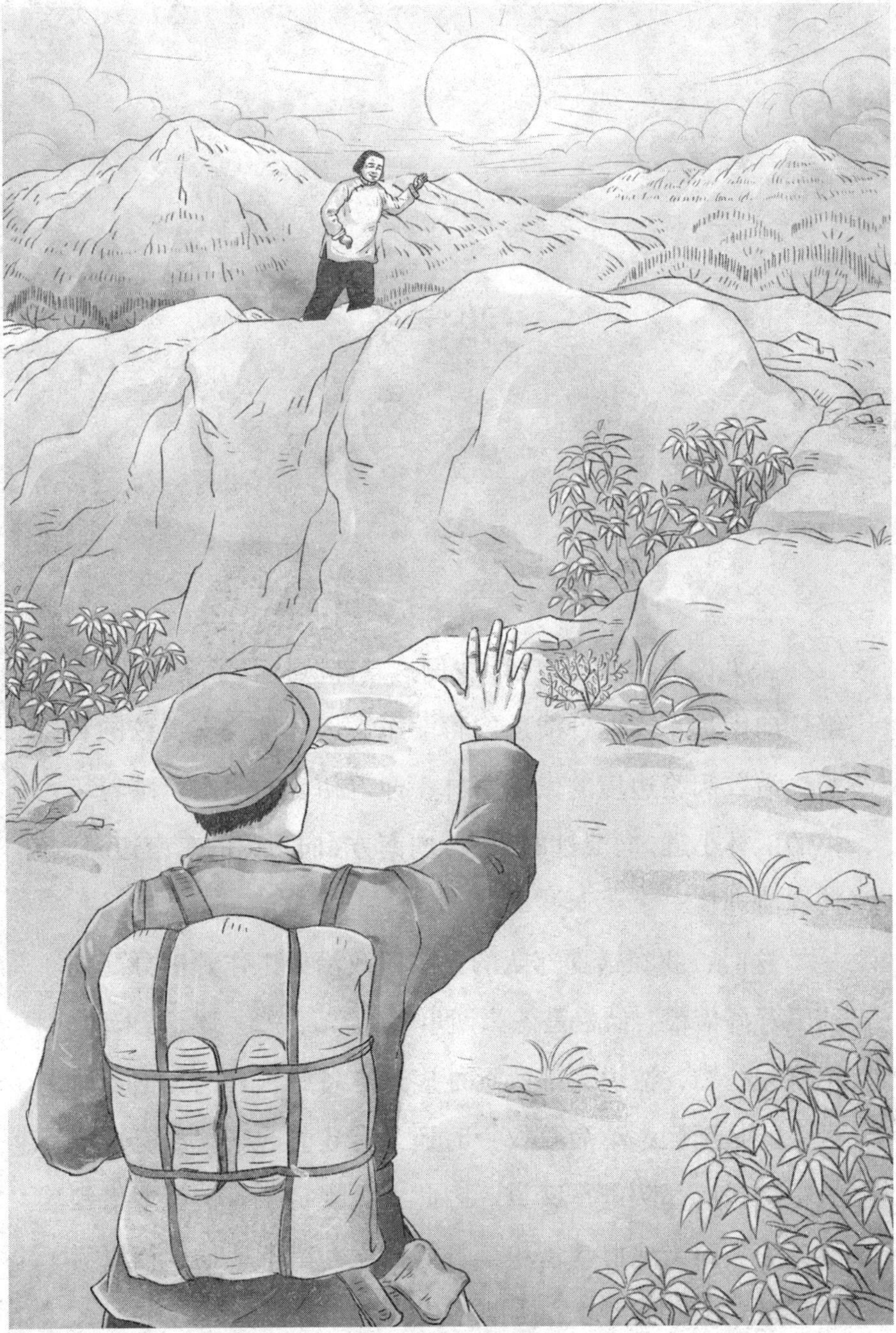

三张字条

一

一九四九年渡江之后,我们这支部队接受了新的任务:继续向南进军,追歼溃逃的蒋匪军。部队像一支离弦的利箭,沿着闽赣边境的崇山密林,迎着初夏的阴雨,踏着崎岖的山林小道,向溃逃的敌人,向南方,向祖国的东南边疆,兼程前进!

这时,我在这支部队的先头团政治处工作,被分配到前卫营搞借粮。借粮是怎么回事呢?常言说,"兵马未动,粮草先行",按说大部队远征应该准备好粮食的,但当时进入的是新区,革命政权一时还没有建立起来,没有现成的粮食;而部队进军又急。因此上级规定了一个就地借粮的办法:向当地群众借粮,打好借据,留下地址,待以后政权建立了,再由政府协助军队偿还。

南方人民热切地盼望着解放军,借粮的事当地人民很支持,真是:要粮食手到拿来,找向导拔腿就走——方便极了。

但是有一次,碰到了意想不到的困难。

这天,接到了参谋处发出的行军路线。打开地图一看,我们营的宿营地点是在崇安县境一个叫作灵田的村子。这个村子虽然在大山丛中,从地图上看却是一个大村庄,估计至少也有二百多户人家。这真叫人高兴:这么大的庄子,全营都可以住得下,不必露营了;粮食自然更有把握,这么大的村子还能借不出几百斤粮?说不定还可以买到头猪,弄点青菜,改善一下生活呢!

我兴冲冲地上了路。可是当我走了一夜,从拂晓的晨雾里看清了这个村子的面貌时,像一跤跌到水井里,浑身都凉了。这哪里是个村子,简直像个乱坟岗:没有一间完整的房子,黑黑的山墙歪歪地立在那里,窗子只剩了个方洞洞;遍地是碎砖烂瓦,屋里地上的茅草有一人多深,小树也长得有碗口粗了。野鸟听见响动,"扑棱"一声从窗洞里飞出来。我从村东头一直走到村西头才看见一排排傍着残垣断壁搭起的竹寮子,看样子还有人住。

几百人待在这里,不论怎么样也得先想想办法呀。我喊过通信员小吴,一道沿着荒草小径,向那些竹篱小院走去。太阳越升越高,我那颗心却越来越往下沉:这些人家不是妇女就是小孩,一看都是一些贫苦人家,不用说借粮,就是找个向导也困难了。

我们正失望地往回走，突然小吴喊了声："老大爷！"我抬头一看，一位老大爷的身影一晃闪进一家院子不见了。我们赶忙也跟进院去，只见那位老大爷正在低着头整理什么，听到脚步声，抬头瞟了我们一眼。

"老大爷！"我喊了一声。他抬头望望，又只管干他的活了。

我又赶着叫了声："老大爷，跟你商量个事……"他慢吞吞地放下手里的活，望着我们，指了指耳朵，摇了摇头，恶声恶气地说："听不真！"

这时我真有点火了，一来白跑了一早晨有点心焦，二来喊他第一声他听见了，现在却装聋了。我压住气，放大嗓门向他解释：我们是人民解放军，想临时借用点粮食……他只是淡漠地望着我们，终于没有吭声。没办法，我只好招呼了一声通信员："走！"拉着小吴就跨出了门。小吴倒不知愁，边走还边哼着："革命军人个个要牢记……"

走出大门没有几步，忽然后面脚步匆匆，那位老人跟着赶出来了。我回头看看，他正向我们的背影望着。我转过身又往前走，老人忽然喊道："喂，小伙子……"我们又莫名其妙地站下来。只见那老人紧三步赶上来，伸手拉住小吴，把他推了个半转身，抓着小吴背的挂包，端详起来。他脸上刚才那种怒气冲冲的神色没有了，换上了一副惊喜的笑容。这一来却把我们俩弄糊涂了，他在看什么呢？

他看了半天，小心地问："你们是中央军？"

"不，我们是人民解放军，是打中央军的。"那时候咱们人民解放军还没有佩戴帽徽、符号，又没有什么特殊的标志，我只好这样回答他。

他没吭声，又把那挂包翻来倒去看起来。这时我才注意到小吴的挂包上挂着一个洋瓷碗，在装碗的布袋上，可着碗口缝着一个大红五角星，就是这个红五星引起了他的注意。我忽然想起了：按行军里程计算，现在该进入过去的老革命根据地了，是不是这老人知道我们？我连忙补充了一句："我们就是过去的红军，现在回来了！"

这句话真有效。老人登时激动起来，忙问："可真？"这是用不着多少解释的。他一把抓住我，一只手搅住小吴，说："哎呀！可把我们盼死了！走，到家去！"这时，我觉得他的手在轻微地抖动。

走着，我开玩笑地问他："这会儿你老人家的耳朵怎么好使了？""谁知道你们是什么人。"他不好意思地笑笑，随即又收敛了笑容说，"说实在的，这十几年就这么过惯了。那是国民党白鬼子的天下嘛，我就给他个装疯卖傻，一问三不知。"进了屋，安置我们坐下，他又滔滔不绝地说下去："前几天就风言风语地听说红军要回来了，可是一群群过的净是些国民党的败兵。你们又没个记号……你们一进门，我听口气挺和气，可也不敢认准呀，等你们走的时候，我听见这小同志唱的歌调好熟，扫眼又看见这个大红五角星——过去咱们红军谁身上都有这东西，这就是好记号。我这才敢开口了。"

彼此一谈通，话就多起来。老人像见了多年不见的子女，激动着，絮絮叨叨说个没完没了。一会儿问问战争情况，一会儿谈谈红军走了以后的苦处，谈到苦日子的伤心事，眼里就挂上了泪珠；泪水没干，说到现在的局面，又乐得理着胡子呵呵地笑个不停。

从老人的谈话里，我才知道这块儿早在第二次国内革命战争的后期，就建立过革命政权。像南方所有老根据地一样，自从红军长征北上之后，遭到了国民党反动军队、地主、恶霸疯狂的摧残。后来又因为人民暗地支持山上的红军游击队，敌人索性一把火把这个二三百户人家的美丽的山村烧了个干干净净。

老人满怀感情地说："当年红军临离开这里的时候说过：'我们会回来的，等我们再回来的时候，天下就是我们的了。'我们就是靠这些话，才活到今天啊！"

本来，我们真想纵情地谈下去，和这位革命老人叙叙离别之情，但是部队吃饭要紧哪，我只好把话转到借粮的问题上。我抱歉地说："大爷，按说你这儿受了这么多苦，是不应该再让你受累了，可是……你看看，能挪就挪一些，要不，咱再想办法……"

没等我说完，他把我的肩膀一拨，打断了我的话："咳，小伙子，看你说到哪儿去啦！照实说，要多少，我算计算计！"那口气听起来真像父亲对儿女的腔调，又直率又亲切，叫人觉得心里甜丝丝的。话虽这么说，可是上级政策交代得明白：贫苦家户尽可能不借或少借。这村的情况明摆着：困难着呢！我吞吞吐吐说了个保守的数字，接着又再一次向他解释政策和办法。

我讲着，偷眼望了他一下，只见他手里捏着一把干草秆，一段段地掐断了，聚精会神地在地上摆弄着，摆得一堆堆的，一会儿从这堆调一根到那堆，一会儿把那堆又打乱了，还不时地用手捶着脑袋，思索着，大概在计算着什么。

我索性停了嘴，注意地看着他。好大一会儿，他把手里的草一扔，霍地站起来，伸手从屋角里抓过一把铁锹、一把镢头，把铁锹递给我，说了声"走！"，就一步跨出了门。

我们都被他这突然的动作弄得糊里糊涂，接过铁锹，怔怔地跟在他后面走着。出了门，拐了个弯，来到一座破烂房框子跟前，他朝一堆碎瓦指了指，说："帮一手吧！"一镢头就刨下去。我们俩随着他挖起来。

碎瓦刨光了，是一堆新土；新土出清了，是一块木板；木板揭起来，是一个大瓦缸；把缸上的稻草拿掉，原来是

满满的一缸白米。

"怎么样？上等白米！百十口人吃一顿足够了！"老人指着米得意地说，"前天过的那些国民党兵，粮食味也没捞着闻，连一顿红薯秧子都没吃到熟的。"说着，他又纵声地笑了。

我却没有笑。我为这老人的行动深深地感动了。我激动地拉住老人的手，说："老大爷，谢谢你！我代表全营的同志谢谢你！大爷，找秤来吧！我们借用一部分。"

"什么，秤？我没有那玩意儿，也不用那玩意儿！"他又恢复了刚才说话时那种执拗的神气。

"不，上级有规定，这是借粮救急，称一称，有个数，以后咱们政府好还你！"

"还？干吗要还，自己的人吃了还要还？"看样子，刚才我的解释算白说了。

我还想再给他说个明白，他摆了摆手说："算了，来，帮我把它弄上来！"

我们把米缸抬上来，搬到屋里。刚放实，他又说了："锅在墙角里，缸里有水，做饭的家伙一应俱全。你快叫人来做饭，走了一夜，早吃早歇息！米不够，一会儿就凑了来。"说着，从墙上摘下一只老牛角，撇着腿，一颠一拐地走出去了。刚走到门口，又拐回来说："米，都下锅！锅不够大，到四处找，你就说程元吉——程老三说让用的！"

他走出去没多久，村头就传来一声声悠长的牛角号声。我向四处望望，西面山梁上、树丛旁、竹林边出现了人影——村里的青壮年随着号角的召唤都回来了。

我打发小吴去报告营长，并叫炊事员带杆秤来。炊事员来了以后，我把米的一半倒在米箩里，称了称，六十斤，满够营部吃的了。让炊事员淘米下锅，我赶出去再找那位程老大爷。转了一圈没找到。当我转回来时，却意外地听到了这老人的大嗓门："反正已经洗了，不吃怎么办？"我知道出了事，一步跨进去。可不是，原来那老人早已回来，瞅瞅炊事员不注意，舀了一盆水，把瓦缸里的米一股脑儿都洗了。

接着，程老爹告诉我，村里的人都回来了，一说就凑出了七百多斤粮食，还凑了些青菜、笋芽、鸡蛋……

这样一来，全营一天的吃饭问题就这么顺顺当当地解决了。我怀着极其兴奋、感激的心情，随着老人挨家办理了借粮手续。为了照顾人民的生活，又退回了一部分粮食——可是真费了不少的唇舌。当时，我也把一张借据交给了程老大爷。

我原以为又要再争执一番的，谁知道这回程大爷却爽快地把那张借据接了过去。我想：也许我给别人解释时他已经听懂了吧！谁知完全不是那么回事。只见他把那张借条仔细地看了又看，突然点着头，没头没脑地说："咳，十八年啦！"

他大概看出了我的疑惑，微微笑了笑，俯身钻到床底下，在一堆破烂鞋子里挑出一只破草鞋。他撕开鞋底，拿出了一个小布卷，轻轻地拂掉了上面的灰尘，把它递给我。

我打开布卷，就看见一张第二次国内革命战争时期分田地的"耕田证"。在"耕田证"里又夹着几张字条。我一张张看去：第一张是一封信，那是以很潦草的铅笔笔迹写成的，有些字已经模糊不清了。第二张是一纸不合程式的借据，再一张又是一封短信。

除了土地证之外，我看不出什么名堂，我问他："这是怎么回事？"

他说："你要是没事，休息过后，咱就谈谈吧！我给你讲讲这三张字条的来历。"

二

一九三一年九月，整个武夷山区沉浸在一场暴风雨里。像谁拉开了一个看不见的闸门，雨，连成一片，向着整个山区倾倒。风借雨势，雨助风威，山石上溅起浓浓的白雾，大片的竹林梢头卷摆着浪花。山泉从无数岩石的隙缝里冲出来，汇成一股激流，冲着滚滚的山石，拔着低矮的小树，涌下山来。

傍晚时分，程元吉把屋里的东西归置了一下，在薄薄的茅草屋顶上又压上了几块石头，怀里揣了几块红薯，就往外走。

按说，像这样的天气，他是不该再到山里去的，但是不去又不行，那片南瓜地是一家人的命根子。两年前，爹送萧家地主小少爷进城，爬山时因为轿子抬歪了点，被小少爷一脚蹬下山崖摔死了，想打场官司争口气，官司没打赢，几亩地花了个干干净净。程元吉只好在山坳里的坡坡上一锨一镢地刨出了二亩多荒地来，种上了南瓜。总算不错，南瓜长得蔓儿粗、果儿肥，远看青艳艳的一片，近看横七竖八的一堆，是个好收成。只是地处偏僻，又是这么个大风大雨的晚上，万一有个坏人打这些南瓜的主意，只有老婆和一个不满十岁的女孩子怎么能看得了？再说，近来街面上实在不安定，中央军和民团的队伍一个劲地往西开，说是打共产党领导的红军。这些家伙到处抓人抢东西，东西被拿走不说，人还被拉去扛子弹不能回家。程元吉也想趁便到山里去躲躲。

雨继续"哗哗"地下着。程元吉把棕皮蓑衣掩了掩，往山坳里走。这曲曲拐拐的山路，又是这么大的风雨，实在不好走，等他翻上了山梁，望见那块心爱的南瓜地时，天已煞黑了。就在这时，程元吉望见一串黑影从山腰的矮树林里蹿出来，直奔他那看瓜的小茅棚子。程元吉不由得打了个寒战：不好，这样的天气成群结队地满山跑，一定不是好人！他不敢再往前走了，连忙一闪身藏在几棵大树后面。

眼望着这一群人，程元吉一阵心跳，脑子里马上浮起一幅景象：这些人就要气汹汹地一脚踢开那扇破竹门，把

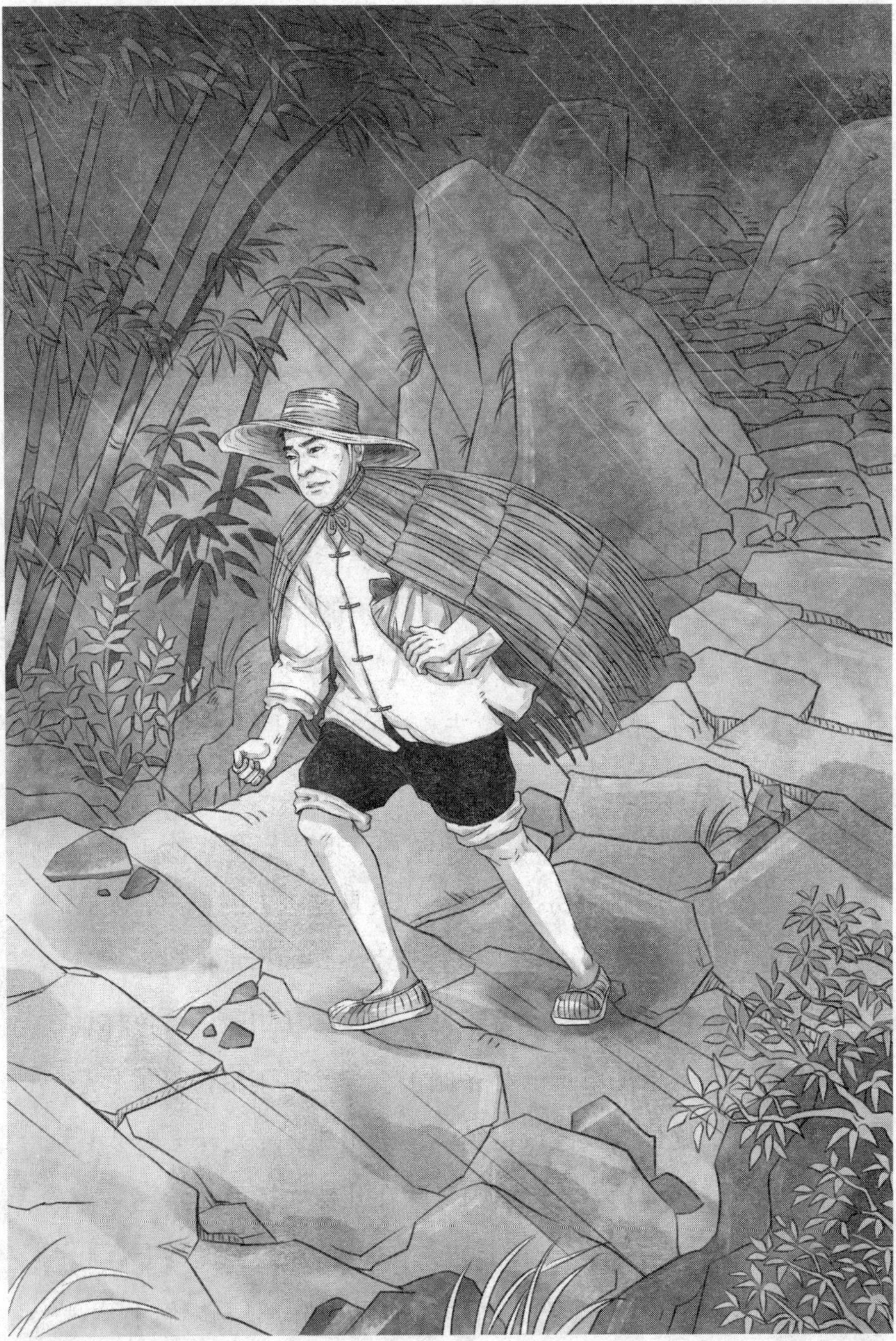

屋里翻弄个乌七八糟,说不定……他不由得捏紧了拳头,向前迈了几步。但奇怪的是,那些人跑到门前停住了,好一阵不见动静。接着这群人又离开房子,在一棵树底下围拢来,一个人指手画脚地讲了些什么,然后,人们又散开了。

程元吉刚松下的心立刻又紧缩起来:原来那些人散开之后,就跑到瓜地里去了。只有一个人在树底下蹲下来,打开电筒,垫着膝盖,在写些什么。写好之后,又回到房子跟前去。不多会儿,散开的人群又合拢了来,每人肩上扛着一个南瓜。程元吉望着这些扛着南瓜向山里走去的人们,默默地数了数,有二十多个人,这就是说有二十多个南瓜没有了。他不由得痛苦地叹了口气。

等那些人走远了,程元吉才钻出树丛,也不顾泥泞,快步赶到房子跟前。老婆带着惊惧的神情给他开了门,随即一把拉住他,断断续续地说:"可……可吓死我了!……"

原来那些人来到屋跟前以后,并没有行凶,只是轻轻地敲了敲门,喊了几声:"老乡!老乡!"

她哪里敢应声。接着,又是两下敲门声。这次敲得重了些,声音也提高了:"老乡,开开门,我们有事商量!"这一喊,她更吃惊,看样子要砸门了。这小茅棚别说砸,就是稍用劲一拉就会连门带柱倒下来的。她慌忙坐起来。这时,外面另一个声音插话了:"刘同志,声音小点,看吓坏了老乡。"接着,又压低了嗓音向屋里说:"老乡,别害怕,我们不是坏人。你们有粮食没有,我们买点用用。"

粮食倒有一点儿，可是……她还是不敢吭声。半天，那人又说话了，声音还是那么和气："老乡，实在不开门，我们只好就这么做了。"只听得一阵脚步声奔到瓜地里去，看样子是摘瓜了。一边摘一边还传来这样的话："大雨天，别把瓜地踩烂了。""看，你怎么把这样嫩的摘下来了，留着还能长嘛。""小心别把瓜秧子踩断了。"忙乱了一阵，又静下来。门外又说话了："老乡，我们实在没办法，把你的瓜摘走了，钱留在东头第十棵瓜秧根上，请你收下吧！"

程元吉听着老婆讲完了这段事的经过，坐在床上，低着头直叹气，半天不吭声。待了一会儿，还是老婆先开了口，她说："去看看吧，瓜少了多少。说不定人家真给留下钱了呢。"

"想得倒美！这年头能有那样好心的人？"话虽这么说，但他还是走出去了。他来到瓜地东头，数到第十棵瓜，伸手往瓜根上一摸。可不，在那硬硬的瓜蔓上，用茅草紧紧地捆着一包瓜叶，解下来一掂，沉甸甸的。

程元吉心一阵跳，把瓜叶包拿到屋里，打开一看，里面包着明晃晃的两个银圆。在两个银圆的中间，夹着一张叠得四角方方的字条。那张字条上写着：

老乡：

　　我们是中国工农红军，为了消灭压迫穷苦人民的国民党反动派和土豪劣绅，来到这里。因为没带粮食，又叫不开你的门，只好摘了南瓜二十个，约计市价，留下银洋两元，请你收下。

中国工农红军××支队×连

程元吉两口子被这神奇的事情惊呆了。银圆，除了卖地打官司以外，他们什么时候见过银圆？这些叫作"红军"的人们虽然并没有露面，但是这张写着潦草字迹的小字条，把程元吉的心照亮了。他把这张字条小心地保存起来，并把这个故事悄悄地在穷苦朋友中间传播开来。

半年之后，红军真的来了。程元吉最先参加了贫农团，参加了打土豪、分田地的土地革命斗争。

三

一九三四年的秋天，老根据地的红军参加了"抗日先遣队"北上抗日了，国民党反动派像一群黑老鸦一样，来到了根据地。这一来，程元吉和当地的人民又过起了胆汁拌黄连的苦日子。

被国民党反动派摧残过的村子，一点儿也看不出原来的样子了，所有的房屋都被一把火烧得精光，人们只好在这些残壁近旁搭起一排排的竹寮子来遮蔽风雨。

这天晚上，天气更加寒冷。月牙儿斜挂在西天，冷冷地瞅着这个荒芜了的灵田村。

就在这些竹寮中间，有一扇门忽然"呀"的一声开了，灯光影里，一个人蹲到门口四处瞅瞅，然后低声招呼道："没有人，走吧！"

接着，一个个黑影闪出来，你东我西，在黑暗里消失了。竹门又掩起来。小竹寮里只剩下了两个人：一个二十来岁的小伙子，一个四十来岁的中年人。那个年岁大些的，就是程元吉。经过这几个月的折磨，这位身强力壮的庄稼汉，像害过一场重病，一下子苍老了许多，两颊瘦削下去了，嘴上也留起了胡子，看去像个半老头儿了，但他那炯炯发光的眼睛和微微张开的嘴角上，流露着掩不住的笑意。他怎么能不兴奋呢，过了将近半年的苦日子，今天见到了山上红军游击队的来人，知道了红军游击队坚持斗争的情况，他像蕴蓄闷烟的柴堆，一阵风儿吹来，又冒起炎炎的火苗来了。他把座位往前移了移，几乎是贴在那人的脸上，低声地说："不能留一宿？这世道，见个亲人不容易，亲不够啊！"

"不啦，我马上就得走，还有工作要干哪。"那人回答了他，沉思了一会儿又说，"阿叔，我留下你不为别的，实话告诉你，这村在党的同志都上山了，这会儿，有一桩紧急的事……我想……"

他的话还没说出口，程元吉忙一把逮住那人的肩膀晃了晃，急促地说："咳，范同志，有什么事照直说好了。我程老三的为人，山上同志也该知道，我虽然不在党，可我知道咱们共产党是干什么的。有事交给我，我拼上身家性命也能干！"

范同志笑笑说："不是我不信服你，这事危险哪，弄不好要牺牲性命呢。"接着，他把工作讲了讲。原来游击队上山以后，碰到了一堆堆的困难：吃没粮，住没房，伤了病了没药治，冷了没衣裳，而最困难的是缺乏武器、弹药。快武器很少，主要靠以前赤卫队用的鸟铳，但就连这玩意儿也"没的吃"。费了好大的劲，通过中共地下组织的关系，在县城里搞了一部分火药，因为白匪盘查得紧，一时弄不出来，就准备瞅机会往外搞。最近接到情报，敌人打算把一些被捕的同志和革命群众往城里送，游击队决定乘机消灭压队的白匪。这样，这批火药就急等着用了。山上考虑到程元吉常到城里卖南瓜、蔬菜，人缘好，地形熟，再者他是有户籍的人，进出白匪的"卡子"比较方便，才决定请他来执行这项任务。

程元吉静静地听范同志讲完了，想了一想，问："送到哪儿？什么时候送到？"

"明天，最迟后天晚上，一定要送到，我们在城南十八樊家东南角的山神庙里等你。"范同志说了联络地点和暗号，就趁着夜黑走了。

第二天，程元吉起了个黑早，拾掇了一担青菜，一溜小跑赶进了城。他把青菜胡乱要个低价卖了，按照范同志说的路，赶到了一家小饭馆，选了个座位坐下来，喊了声：

"老板，来碗馄饨，多加点胡椒！"

这句暗号刚说完，只听得里屋叮叮当当一阵响，两个保安团的兵拥拥扯扯地押出一个人来。其中有一个兵手里还抱着两个大报纸包，顺着纸包的裂缝，一缕黑药轻轻地撒出来。那人被反捆着两手，脸上嘴上流着鲜血，嘴角紧闭着，满脸怒气。这怒容直到他走到程元吉身边的时候才稍稍消退了些。

显然他已经听到了刚才程元吉的话，他走过程元吉身边时，平静地说："老乡，买卖遭了事，好在屋里有面，你要吃啥只好自己弄了！"说罢，他恶狠狠地瞪了两个白鬼子一眼，挺了挺胸，大踏步走出门去。

程元吉好容易才压住自己想扑上去的心情，目送这伙人走远了，才走进内屋。只见屋里被翻得乱七八糟，一个生病的老太婆——大概是那人的母亲吧——在悲切地啼哭。他难过地摇摇头，把早晨卖菜的钱塞在她的手里，就悄悄地走出来。

程元吉挑着箩筐在大街上茫无目的地走着，心像刀绞着似的，又痛楚又仓皇。很明显，接头的人被捕了，要搞的火药落到了敌人手里，游击队得不到这批军火的供应了。他脑子里一会儿出现了白匪的法庭，那个亲爱的同志在敌人面前，咬着牙，忍受着种种酷刑。一会儿又想到山上的游击队，他仿佛看见山上的同志们，擦好了明火枪，在那山神庙旁边眼巴巴地等着这批火药。他仿佛又看见一队队的白鬼子，押着我们的同志往城里走，游击队的同志就在山梁上望着，他们因为等不到这些东西，就用仅有的那几支快枪，亮着梭镖，冲向押送受难同志的白鬼子的队伍，而后，战斗失利了，同志们有的牺牲了，有的受伤了，那些受难的同志和群众又被押进了敌人的牢房……而这，都是因为火药没有送到的缘故。想着，走着，"哐当"一声，箩筐撞到一个水果摊上了，他才惊醒过来。

程元吉连忙走到路边上，找了块石阶坐下来，点上一锅烟吸着，竭力使自己平静下来。他必须想出办法，做出决定，但是怎么也想不出。他深深感到自己一个人是多么孤单，要是有个人商量一下有多好啊！他不由得又回想到刚才见到的那个接头的同志，从他的面貌、表情一直想到他说的话……

"对了！"程元吉仔细揣想了接头同志最后的话以后，不由得两手一拍叫出声来，倒把身旁一个晒太阳打瞌睡的老头儿吓了一跳。

他又把这意思重新想了一遍，一点儿也不会错："屋里有面"就是说城里还能买得到黑药，剩下的就要自己想办法了，这办法就是自己设法弄钱来买！他连忙起身，在城里转了一圈，跑了几家猎具店和爆竹店，大致打听了一下价钱，就动身回家了。

一进家门，老婆望着他那急慌慌的神色，担心地问："出了什么事啦？"

程元吉且不答她的话,反问她:"咱的米还有多少?"

"还有二百来斤吧!"

"装米箩,我要卖了它!"程元吉说罢,又抓了把石子在地上摆弄着算起账来。

老婆懂得他这说一不二的脾气,就动手装米。一边装,一边忍不住问道:"什么事用钱这么急?卖了以后大人小孩吃啥呀?"

"少啰唆!床底下有南瓜,地窖里有红薯,还能饿着?"他又计算了一阵。算完了,他双手抱着头,发起愁来:就是卖了米,钱也还差得多呀,再从哪里弄钱呢?他打量着屋里的每一个角落,想找出点值钱的东西来。但是可怜,这个遭到白匪洗劫的家,除了一张破旧的木床,一卷破得像麻袋似的铺盖,一口锅,几个瓦盆以外,哪有什么值钱的东西?他走着,看着,想着,眼睛慢慢地在屋角里那只旧箱子上停下来。他呆呆望了一阵,蓦然狠狠地跺了跺脚:"就这么办!"说完,他走到老婆跟前,轻轻地抚摸着她的肩膀,放软了口气说:"兰子妈,跟你商量个事……我想把咱那块地卖掉!"

"卖地?"老婆很少听到丈夫用这样柔和的口气说话,猛一听,不觉有点奇怪;但等听完了,又大吃一惊。

"是啊,要卖掉!"程元吉说,"不瞒你,我用钱给山上置办东西。咱们,卖了地再租点地种,我多打几个长工,你多做点针线,还能过得去;可山上,……这是人命关天的大事，咱拍拍胸膛摸摸心，不能不管哪！"

老婆没有说什么。她懂得丈夫的心，也知道这事果真要紧。她不声不响地拉过箱子，找出那张地契来，交给丈夫，却不禁流下泪来。她心痛自己这点唯一的家产呀。其实程元吉也不是没有想到这一层，但是，这点地，甚至这全家人，比起解救受难同志的事来，显得太微小了。他伸手接过地契，望了女儿一眼，安慰地说："算啦，想开些吧！多想想共产党和红军给咱的好处。咱们吃点苦，将来革命成功了，多少穷苦人的福都享不尽哪！"

经过一晚上的奔走，地契又落到了萧家地主的手里。虽然价钱差得多，但程元吉也顾不上那许多了。他带上这笔钱，第二天一早又进了城。自然，在购买这些东西的时候，少不了又费了些劲：对这家店说要打猎，对那家店里说要做爆竹，好容易凑集了十来斤黑药，和一些黄药。剩下几个钱，又买了一点儿医药。

傍晚，他找个僻静地方，把这些东西装到粪桶里，上面隔着油纸盖上层干粪。他的身份掩护了他。他混过城门岗的盘查，出了城，一气就赶到了指定的地点。

小小的破山神庙里挤满了人，正像程元吉想象的一样，人们都眼巴巴地望着呢。队长、政委焦急地在庙门外走来走去。大家一见程元吉来了，连忙迎上去。政委接过药包，高兴地拍着程元吉的肩膀说："老乡，真得谢谢你呀！"

"唉，算啦，自己人嘛，说这干啥！"他本想把自己做的事瞒过去的,但想起了接头站遭到破坏的事,就说,"只是那个接头的地方再也别去人了。"接着就把事情的经过谈了谈。

队长、政委和同志们都静静地听着。听完了,政委紧紧地抓住程元吉的手,激动地说:"好老乡!你这样爱护自己的军队,我们也永远忘不了你!只是……"政委搜索了一下衣袋,为难地说:"只是我们一时没法报答你。这样办吧!"他摸出钢笔,在笔记本上撕下一张纸头,借着电筒的亮光,写下了几个字:

今借到灵田村程元吉老乡火药十六斤,药品一部。
中国工农红军游击支队支队长柳笙
政委吴功强
一九三四年十二月十八日

政委写完,交给支队长看了一下,盖上了图章,递给程元吉说:"请你把这个保存着,等以后局面打开了,我们再照价偿还你!"

看着这张字条,程元吉的眼里忽地涌出一股泪水,他仿佛觉得心要跳出来。眼前的情景又使他回想到三年前另一张字条的事了——这些人,为了劳苦群众的事,奋不顾身,可是当需要群众的帮助的时候,却是这样斤斤计较、分毫不爽啊。他用颤抖的手接过了字条，说："好，我收下。等你们，不，等我们胜利了以后再说吧！"

在这以后的日子里，红军游击队的同志的确没有忘记这个生活在荒凉残破的山村里的农民，他们关心着程元吉一家的生活，也把一件件的革命工作交给了他。而程元吉也总是豁上身家性命，来为革命工作。

可惜这样的生活过了不久，这里的游击队向新的地区转移了，后来他们又和别的游击队合编成新四军，一直开往抗日的最前线。从此，程元吉和自己的队伍又断了联系。

四

竹林冒出了新笋，茶树绽开了嫩芽，一九四一年的春天来到了武夷山区。

程元吉领着女儿兰子，到她的外婆家帮忙采收了第一季早茶，就赶着往家走。

在红军游击队走后的几年里，程元吉是咬着牙熬过来的。他老婆得病去世了，他拉扯着年幼的女儿，过着半饥不饱的日子。这艰苦的折磨，使这个年近半百的老人更加苍老、衰弱了，他留起了花白的胡子，他的背也微微驼了些，甚至走这山路也磕磕绊绊，跟不上脚了。他索性放慢了脚步，仔细地看起山景来。这条荒僻的小路上，几乎每一棵树、每一块山石他都熟悉。红军在的时候，他曾经不止一次地踏着这条小道去支援前线；后来他也曾走过这里去秘密地送过信。而那心爱的红军游击队的同志们就是踏着这条小路走上抗日前线的。红军，什么时候打败日本鬼子再回到这里来呢？

兰子紧紧地跟在爹的身后。就像一棵翠绿的新竹一样，几年来，她已经长大成人了。她还带点孩子气，有时候，会连蹦带跳地跑到爹爹的前面，手里拿枝柳条，抽打着路旁的茅草芽儿，口里哼着山歌。跑跳了一阵，她等着爹爹走上来，便凑到跟前，小声地问："爹，你又想红军了？"几年来的生活里，她已经很熟悉地从爹的神情上看出他的心事。

"嗯！"程元吉点点头。

"你老讲红军，红军，可是红军是些什么样的人呢？他们什么时候能回来呀？"

"红军在打日本鬼子哪，打完了就回来……"

爷儿俩边走边谈，又走了一程，刚刚翻上一架山梁，忽然兰子拉了父亲一把："爹，有人。"他抬头一看，望见远处两个人正在交头接耳地说着什么，眼角还不停地往他们这边瞟。程元吉认出那正是本保的保长萧魁五，另一个是他的狗腿子。这家伙在红军撤走时，就回乡了，当上了"业主团"团长、保安队长，夺田、倒算、杀害革命群众，无恶不作。抗战爆发，红军游击队出征以后，他又当上了保长。程元吉恨透了这个家伙。现在从他那醉醺醺的神态和淫邪的笑声里,又觉出这家伙一定不怀好意,不由得下意识地看了女儿一眼。兰子也意识到了什么,手攥着拳头。这时,那两个家伙已经赶上来。萧魁五拉下一副皮笑肉不笑的脸孔说:"老吉,抗战救国你该懂的,你的那笔壮丁费该缴了吧?"

程元吉瞪了他一眼,没有搭腔。

"哼,你这块红骨头,没砸烂你就是便宜!这笔账现在就要算,没养儿子拿女儿顶上!"那家伙喷出一股酒气,转身向狗腿子喊了声"动手!",就向兰子扑去。

兰子一步跳到崖边,对着萧魁五狠狠地说:"你敢再往前走!我跳下去,也要把你拖下去!"

程元吉觉得血一直往上涌,他毫不迟疑地弯腰搬起了一块石头,蓦地举过了头顶,要朝萧魁五砸去。"不许动!"狗腿子的一支驳壳枪顶住了他的胸膛。

正在这紧张的时刻,突然,"唰"的一声,一块石头飞过来,正砸在狗腿子的头上,那家伙哼了一声倒下了。接着道旁山石后面的树丛里跳下一个人,一脚踩住狗腿子的手腕,把枪夺到了手。

萧魁五早吓愣了,等他想起拔腿逃跑,一颗子弹把他结果了。

那人把这些都做完了,从容地吹了吹枪口里吐出的硝烟,爱惜地把枪放在手里掂了掂,又用大拇指推上了保险机。这工夫,程元吉才仔细看了看那人。那人蛮年轻,看样子不过二十三四岁，穿着一身满绽开棉絮的灰军装，头发老长，几乎盖住了耳朵，脸颊瘦得深深地陷下去，脸色由于失血而显得苍白。特别使程元吉注意的是那人左臂整个吊在脖颈上，肩胛处用一块破布包着，大概是受了伤，暗黑色的血渍夹杂着灰土粘在布上。而且可以看出，由于刚才的剧烈活动，伤口疼得厉害，他正咬牙忍耐着，他那雪白的前额上渗出了一粒粒的汗珠。程元吉一时判断不出这是个什么人，他以掩饰不住的惊奇的语气问："你是……"

"是新四军！红军！"那人笑了笑，把枪插在左胁下，伸手指了指两个坏家伙的尸体，"来，'红骨头'老乡，把这些东西收拾了，先离开这是非地以后再说。"

听说是红军，程元吉和兰子姑娘都兴奋起来了。他们爷儿俩帮着这个年轻的战士把尸体抬到路旁边远处的树丛里藏好，又把路上的血迹收拾了一下，三个人就偷偷溜进了一片茶林。

在这僻静的茶林里，青年战士详细地谈了他的来历。他名叫齐胜，原来是新四军的一个排长，皖南事变时因为战斗中被手榴弹震昏了，落到了敌人的手里。随后被押运到江西，准备关进集中营。就在运送的路上，他们几个人打倒了押送兵逃跑了。在逃出的时候，被敌人的子弹打伤，他只好带伤沿着山林没人处乱走，东走西转，来到了这里。他正要下到山沟里找水喝，刚巧碰上了保长行凶。

见到了自己的亲人，听到了自己队伍的消息，程元吉又兴奋又激动。他不停地询问着红军的一切。谈着谈着，不觉太阳落山了。直到女儿提醒，程元吉才想起他们还在荒野的山林里，他抱歉地对齐胜说："你看，只顾说话了。你打算以后怎么办？"

"到江北去，找自己的队伍去！"齐胜说。

程元吉说："你这样满山乱跑也不是个办法，再说你伤得这么厉害，走这样远的路，怕也受不住。我看倒不如先到我家躲躲，养养伤。等伤好了再想办法。"

齐胜寻思了一会儿，也实在没有别的法子，就同意留下来。等天黑定了，程元吉和女儿搀扶着齐胜，回到了家里。

从此，程元吉家里就暗地里增添了一个客人。他在房后竹园深处的一堆稻草里给齐胜安置了一个住处。白天，齐胜就在草垛里躲着；程元吉出去给人做工、贩卖青菜，家里有兰子姑娘照顾着齐胜吃饭、喝水。夜里人静了之后，齐胜就偷偷地出来，洗洗伤口，和程元吉爷儿俩谈谈，和老人睡在一起。

开始，因为保长的死，风声还紧了一阵，不久就平静下去了。在这些日子里，程元吉不管白天做工多么劳累，晚上都要和齐胜闲谈，而且总是齐胜催过几次才肯睡下。兰子姑娘早在童年的时候，就听到爹爹说过红军的许多事情，红军，在这个姑娘的心里留下了深深的印象，现在，果然见到红军的人了。她像照顾自己的兄弟一样照料着齐胜的饮食和伤势，并且一有空闲的时候，也像爹爹一样仔仔细细地问起新四军部队的情况，特别是女战士们的生活。

程元吉家里自从红军游击队走后，六七年来从来没有像这些日子这样欢快过。但是有一件事使程元吉着实发愁：原来齐胜的伤擦着了骨头，住在这里，没有药治，只能用点盐水洗洗，伤口总不见好，这几天伤口有些红肿，人也发起烧来。想买点药吧，自己没病没灾的，又怕引起人们怀疑。而且因为几天没找到工做，吃粮也快完了。他们爷儿俩掺粗夹杂省出米来，怕也支持不下来了。

这天晚上，齐胜突然发起了高烧，程元吉急得一夜没有睡觉。第二天刚放亮，程元吉把女儿喊醒，悄声地说："我看齐同志的伤是非治不可了，我想把他送到城里去请大夫瞧瞧。"

"那……叫人看见了怎么办？"姑娘惊异地问。

"我就说他刚从南洋回来，因为不摸这里情形，叫民团放哨的打伤了。就是他的身份……"程元吉沉吟了一下，说，"这就要你帮一手了。你梳个髻吧！"

姑娘红着脸，会意地点了点头。

程元吉也笑着说："好，快去打扮吧，咱这就走，爹先借钱去。""爹，这不是钱嘛！"说着，兰子把母亲留给她的一支银簪子递给了程元吉。

趁着早晨的雾气，程元吉背着齐胜，和女儿一块儿偷偷地溜出了村子，赶进了城。兰姑娘的装扮变得完全像个青年妇人了。这个装扮掩护了齐胜，他们顺利地骗过了保安团的哨卡，在城里找到一个药房。医生给齐胜看了伤，程元吉又买了治外伤用的药品和一些粮食、补品，姑娘也仔细打听了对伤者的护理方法。

有药医治着，有东西调养着，齐胜的伤势很快好起来。不到一个月的工夫，伤口已经长平了，身体也补养得强壮了些。

这天晚上在闲谈的时候，齐胜吞吞吐吐地说出要走的意思。

其实，程元吉也不是没有想到齐胜该走的事，在这里待下去也不是办法，队伍里多一个人多一份力量嘛！只是打发他上路的事还没准备好，而且住久了，猛然分别也有些舍不得；更重要的是最近程元吉有了一个打算，正在谋虑着，还没拿定主意。现在齐胜提出来了，他就说："急什么，再过两天，等身子壮实了再说。"

这以后的几天里，程元吉一直在忙碌着，赶着给人做了几个工，还借故出了趟远门，好像把齐胜走的事忘了。这天，程元吉搞来了一些米，交给女儿，让她全部做成打糕，还特地打来了半斤老酒。晚上，他把齐胜和女儿叫在一起，喝完了一杯酒，说："齐同志，你要走，我也不打算留你了，要走，就趁今天夜里走吧！路，我已经探听好了：从这里往东北走，过松霞岭往正北，听说那块儿日本人要来，白军早窜了，趁这兵荒马乱的劲，走起来方便些。"

说完，程元吉又拿过准备好的干粮和一个纸包，递给齐胜说:"这些东西你带上,路上吃;钱没有多少,带在身边,急用的时候花。"

齐胜默默地接过干粮,却把钱递回去,感激地说:"阿叔,这些日子,多亏您老救了我。这恩情也实在难以报答,只好日后再说。这干粮我带上,您老和兰妹过生活不容易,这钱还是你们留着用吧!"

"齐同志,看你说到哪里去啦,你说我救了你,又是谁救了我?咱的军队和我是一条命啊!至于说到我爷儿俩的生活,这,我还有话要说。"说到这里,程元吉猛地一仰脖子喝完了最后一杯酒,抓住女儿的手说,"孩子,那天我问你愿不愿去参加自己的队伍,你说愿意!现在爹已拿定主意,机会难得,你就跟齐同志一块儿走吧!"

虽然,兰子也早有这个打算,只是她想不到爹这样突然地就决定了。她沉默了半响,才动情地喊了声:"爹!"

"别担心我,你爹的骨头硬着呢,我总能苦熬苦撑着等你们回来!"程元吉把钱交给女儿,慈祥的语气里含着严厉和果断。说罢,看见齐胜脸上有为难的神色,又说:"齐同志,这事我已经打定了主意。为革命嘛,有东西出东西,有人力出人力!再说那天的事你也看到了,这样的世道,女儿大了我也不放心;跟上你去干革命,一来自己队伍里多个人手,二来我也了了一桩心事。再说,你们俩路上互相招呼、互相掩护着,也少遭点凶险。"

这些日子相处,齐胜也摸到了老人说到做到的脾气,而且把自己唯一的女儿交给革命，这也是这个革命老人的心愿。想了一下，就说："既然你老人家决定了，我一定好好把兰妹妹带给咱们的新四军。只是，阿叔，我怎样来答谢你呢？"

"咳，"程元吉打断了他的话，"为了革命，这算得了什么？告诉你，我程老三这颗心算红透了！"说着，他又拿出了他那珍藏很久的两张字条递给齐胜。

看着这两张字条，齐胜更加激动起来，这位革命老人在这么长的日子里，在各个革命时期，都是和共产党和红军紧紧地结合在一起啊！

深夜，程元吉把齐胜和自己的女儿送出了村，送上了向东北的小路。在朦胧的月色里，这两个青年人告别了老人，踏着细碎的星光，奔向北方，奔向长江，奔向抗日前线去了。

程元吉目送两个亲人的背影，直到看不见了，才抹去脸颊上不知什么时候流下的泪水，回到自己的竹寮里。刚刚坐下来，他看见油灯底下压着一张字条，打开来一看，原来是齐胜留下的。那上面写着：

新四军主力部队、游击部队或革命政权的同志们：
　　我是新四军的一个排长，在一九四一年皖南事变中负伤，多亏崇安县灵田村程元吉老人收留疗养，从三月十八日至四月二十五日，伤愈归队。因我当时无力将医疗、饮食费用偿还这位老人，故留此信。请同志们无论什么时间，什么地方，见此信后，随时照顾这位革命老人，并望按一个革命军人应得的口粮，依上述日期偿还程元吉为盼。

新四军×部排长齐胜
一九四一年四月二十五日

程元吉把这字条仔细地读了两遍，小心地折起来，把它和另外两张字条放在一起，久久地，久久地抚摸着它们。由于感情过于激动，他的眼泪又扑簌扑簌地流下来了……

尾声

傍晚时分，程元吉老大爷向我说完了这三张字条的来历。他把三张字条连同我写的那张借据一道，小心地收藏起来，送我出了竹门。走着，他抓住我的手，按到自己的胸前，像是开玩笑而又带些责备地对我说："小伙子，看你又找斗又拿秤的，你能称出我老头子的心是几斗几斤吗？"

走出好远，我还能听见他那爽朗的、满足的笑声。

这天晚上，躺在露营地——一棵大树底下，我久久不能入睡。白天的事和这三张字条的故事深深触动着我。不，这不是几张字条，是人民与自己军队亲密关系的辉煌的诗篇；这不是程元吉一个人，是全国革命农民的崇高形象！

就带着这个三张字条的故事,我来到了祖国的海防。每当我工作遇到困难的时候,我就想到这个革命老人;每当有空的时候,我就和同志们讲起这几张字条的故事。他,它们,给了我力量,鼓舞着我前进,教导我更热爱人民!

也许同志们还要问:程元吉老大爷现在怎样了?这我也说不真。只是在一九五一年去南京开会的时候,我路过他的家,看望过他。他已经当了村的农会主席,土改中又分得了土地,政府还为他重盖了房子。他还是那么健壮,而且更有精神了。他告诉我,齐胜现在已经是某部的团长,参加志愿军到过朝鲜,现在正在哪个学校学习。他的女儿兰姑娘也当了某军后勤的卫生队长了。他们俩在过去艰苦生活和战斗中产生了爱情,在一九四九年结了婚,生了小孩,不久前一道回家看望过他。谈到那几张字条,他说,早在解放之初,政府已经按照字条的数字加一倍还给了他。但是这些东西他都没有用,一部分献给政府救济灾民,一部分做了抗美援朝捐献,给志愿军同志买了飞机大炮了。于是,这四张字条又变成了一张抗美援朝捐献的证明。

现在,事情又过了几年,谁知他现在生活得怎样?他的身体该还好吧?头上的白发该更多了些吧?或许脊背也更驼了?但是,我仿佛还看见他那精神奕奕的眼睛,听到他那开朗的笑声。也许,他已经在新成立的农业合作社里担任个监察委员——这差事对他挺合适——在为公共财产而操心;也许,正坐在充满阳光的敞亮的房子里,带着慈祥的微笑，看着女儿、女婿和外孙的照片，又对着绕膝的孩童们讲起这几张字条的故事了。

一九五五年十一月五日

赶队

一九三五年七月里,在壤口遭遇战中,我负了伤。按说,在那样的时候,一个红军战士受点伤、流点血还不是家常便饭?可是我这次受伤却实在别扭:一来,伤得不是时候——那时部队正跟着毛主席长征,才走到中途,前面还有数不清的高山大河、开阔的草地和随时都可能发生的战斗。二来,伤得不是地方——要是碰着胳膊打着手,还可以坚持着走;可是这颗子弹偏偏打在腿弯上,别说走,就是站也站不住。于是只好到军团的卫生处去休养了。

说到休养,你不要以为我住的是平平常常的医院。那时候前有堵击,后有追兵,整个部队都在做战斗行军,谁也不比谁少走一步。在这样的情况下,医院实际上就是一列带着伤病员的行军队伍,病床就是同志们肩上的担架。所以叫作到后方来休养,只不过这里没有战斗任务,并且有人给换药、照顾着罢了。

当天下午，等医院赶上来，连队里给我办好了住院和党组织的介绍信，从我们班里派了两个同志护送我住了院。当时，因为下来的伤员多，医院里忙得很。一个医生看了看我的伤势，安慰了我几句，就叫道："小何，来给这个同志换换药！"

"唉，来了！"随着一个尖细的声音，一个女同志来到我的担架旁边。我一看，这是个十五六岁的小鬼，小小的一张圆脸，尖下巴，长长的眼睫毛下面有着一对大眼睛，短短的头发上，歪歪地扣着一顶洗白了的八角帽。如果不是帽舌下那一绺头发，我还以为她是个男孩子哩！她穿着一件长长的军装，下摆几乎触到了裹腿边，腰里的皮带把上口袋扎住了小半个。她左肩上斜挎个大挂包，右肩上背把雨伞，还有水壶、米袋子……东西很不少，但收拾得利利索索，蛮有精神。

她一蹦一跳地来到担架边，跪下来，熟练地掏出一个小瓶，捏一把棉花，拿双竹筷就动手给我换药。她的手在动作着，口里不停地说着话，一会儿问我："同志，你是哪个师里的呀？""哪里人哪？"一会儿又抱歉地说："实在没办法呀同志！没有药嘛，只好用盐水；没有镊子嘛，只好用筷子；你忍着点痛，克服困难嘛……"接着给我讲一套盐水的好处、克服困难的道理。这段话刚说完，她又安慰我了："这伤不要紧，别害怕，过几天就好了。真的，不骗你，我们少共不说谎……"我听着，不禁觉得很好笑。其实，我既不觉怎么痛，也不害怕，更不会以为她在说谎。可她的嘴还是像挺小机枪似的"哇啦哇啦"地说个不停，仿佛这样就会减少我的痛苦似的。她的动作也实在快，就说这么几句话的工夫，已经把我的伤口洗净、包好了。她扶我躺下，把那条破夹被用心地给我盖好了，说："我还有事，你躺着休息吧！"走出几步又扭转身，告诉我："你记着，我姓何，同志们都管我叫小何。你要有事只要这么喊一声'小何，来呀！'，我就来了。"说完，把那个大挂包往肩上一甩，转身就跑了。

我望着她的背影，想着她那副孩子似的天真样儿，觉得又好笑又担心：就这么个小姑娘，长途远征怕连自己也顾不了，还能照顾得了我们？

可是，不久我就发现：我的想法是不对的，我的顾虑也很多余。

那几天，部队还是一个劲地连续行军。每天小何的生活照例是这样的：我们伤员的担架一起动，她也开始走，那个和她的身高极不相称的大挂包，在腰间摆动着，上面有时还挂几条洗好没来得及晒干的绷带，两条长长的粮袋子搭在那细小的脖颈上，长帽舌朝天一扬，两只小胳膊一甩，就开始爬山。爬一段她就停下来，站在路旁，目不转睛地望着我们这些担架，把这个的枕头扶扶，把那个的被子掖掖，问问这个同志的伤口疼不疼，那个要不要喝水。等她护理的这个班走过了，她再疾步赶上前去。倒也真像她说的那样，要有什么需要，只要喊一声"小何！"，她就像从地里钻出来似的，一下子出现在你的面前。

这样，担架走山路，她走道旁，一夜就是七八十里。而且好像故意跟那崎岖的山路赌气似的，开始她的话还少，越走话越多，差不多到了最后的十几里，天快放亮了，担架员打起瞌睡的时候，她的山歌唱起来了。也不知道她肚子里哪里来的那么多歌子，一会儿来个"兴国山歌"，一会儿来段"麻城调"，这些红军战士们本乡本土的小调，经她那清亮的嗓门一唱，谁还能再打瞌睡呢？

行军一到目的地，她更忙了：找房子、搭铺、烧水，给伤员检查伤口、换药，还要找医生汇报，和其他看护员一道开会，研究伤病员情况……这样一弄就是大半天，直到伤员们都睡了，她才抱把草堆到墙角里，稀里糊涂地闭闭眼。一起床，又是做行军前的准备。因此，在开头的几天里，我们甚至不知道她是什么时候睡下，又是什么时候起来的。

自然，说她不疲劳也是假的，慢慢地我觉察出，她在用着极大的毅力和疲劳斗争着。比如：在走过我们这些伤员跟前的时候，她把胸脯一挺，脚步加快，装出精神抖擞的样子。可是当担架走过，她掉到队尾的时候，就跛着脚走路。又比如：在黎明时分她来看望我时，也是装得精神百倍，可是手里却小心地藏着两节嫩草棍儿——她是用这玩意儿来撑眼皮的……特别明显的是第五天的早晨，她来给我洗伤口，洗着洗着，我看见她眼里慢慢地失去了光彩，那夹着棉花的筷子离开了伤口，倒擦到好肉上去了，直到一根筷子从手里掉了，她才蓦地惊醒过来。这时她的小脸羞得通红，扶着我的腿问："碰着伤口了没有？"又连连捶着自己的脑袋说："该死，该死……"

我趁这机会劝她："你太累了，去歇歇吧！"

她把头摇得像个拨浪鼓："不累，不累！"

我半开玩笑半当真地逗她一句："真不累？少共是不撒谎的嘛。"

她急了，吞吞吐吐地说："今天我不大舒服。"

我忙问："怎么，病了？"

"不是，是……"她想辩解，却没有说下去，脸上浮上一层红晕。我知道不好再问，又不能强迫她去休息，就替她想了个办法，我说："这么办吧，你在这里打个盹，我吸完这袋烟就叫你，啥事也误不了。"她望望我，大概觉得这是个办法，点头说："好，可一定得叫我呀！一袋烟，只吸一袋烟就……"一句话没说出口，脑袋往担架杆上一靠，就睡着了。我想，这回小鬼该休息一会儿了，谁知不凑巧，那边一个伤员翻身时不小心碰着了伤口，低声地哼了一声，声音虽然很低很低，她却猛然惊醒了。她一面揉着眼，一面生气地埋怨着我："说是一袋烟，骗人……"

说完，她拎起挂包跑过去了。

就这样，我每天从她身上发现些使我感到惊奇的东西，我对她渐渐地从轻视到痛惜，进而变为敬佩。我觉得，凭我当了一年班长的经验，已经能通过这几天的相处、通过她的表现，对这个小女同志有了足够的认识了。其实不然，我真正认识她还是在这以后。

那是在我住院以后的第七天。黄昏时分，我们刚走到一段山梁上，突然前面队伍乱了起来，接着就看见一队反动骑兵打着火把，呼哨着，射击着，向我们的行军队列冲来。我们因为在后尾走，距离战斗部队远，伤员又没有抵抗能力，一下子就被骑兵搅乱了。我看事态不好，正想从担架上坐起来，这时前面一个担架员"哎哟"一声倒下了，担架一摔，我的脑袋猛地撞到一块岩石上，只觉得眼前一黑，什么也不知道了。

昏迷里，我仿佛感觉自己还在担架上，在爬一座大山，那担架一上一下颠得好厉害呀……突然，身子一震，我醒过来了。哪里有什么担架？原来我正趴在一个人背上，那人正深一脚浅一脚地跑哩。我一时还弄不清是怎么回事，忙问："谁？"

"是我，别……别作声！"那人上气不接下气地答。听声音是小何。这时我才想起刚才发生的事。我向后望望，只见背后山头上亮着一簇簇火把，反动骑兵正嗷嗷叫着，而且有两支火把向我们俩在的这个地方驰来了。我拍着小何的肩膀，说："小何，这样不行。放下我，你自己跑吧！"

"什么话？别咋呼！"她厉声地说。说话间，我们已经来到了一道沟沿上。她背着我顺着沟沿跑了几步，看看没法过去，忙把我放下，随手把一块石头推下沟去，又侧耳听了听，转回头来对我说："不深，咱们下沟！"我还没来得及答话，她抓住我的手往自己肩上一搭，纵身跳下去。

这条沟的确不深，不过是一道两丈来高的断崖，我们俩"唰"地就到了底。但是直到落实了，我才醒悟过来，原来这样跳的时候，她在下，我在上，我倒摔不着，而她却够呛了。我连忙爬起身，把她扶着坐起来，小声地问她："你摔坏了吧？"她且不答我的话，却伸手摸摸我的伤口，大概没有发现什么异样，才站起来，架着我走向附近的一堆小树丛。

我们刚坐好，两个骑兵从我们头上边贴着沟沿跑过去了。

我们俩在树丛里坐着，静听着外面的动静，谁也不说一句话。由于刚才的颠簸震动，我的伤口又痛起来。伤痛使我更心焦。那些同志怎么样了？从刚才的情况看来，敌人似乎只掐断了队伍的后尾，那么其他的同志是不是脱险了？我真恨我的伤口——要是手里有支枪、有几颗手榴弹，哪能让他们这样容易来到跟前？……想着，想着，我看看小何，只见她手里拿着个帽子，擦了一阵汗，然后，把帽子捏在手里，呆呆地坐着。想来她的心情也和我一样焦急。

好容易挨着过了一个多钟头，才看见外面的火光慢慢暗下去，马嘶声也渐渐听不见了。这时小何歪过头来，低声对我说："你在这里等着，我去看看。"

我虽然很不放心她一个人去，但也着实记挂着外面的情形，就说："去吧！可要小心点，注意隐蔽；情况不好再回来另想办法。"

她俯下身来，摸索着给我把伤口重新包扎了一下，又从地上收拢了些软草给我铺在身子底下，把我安置着躺下。临走，她从身上解下两件东西，放在我的身旁说："我去看看就回来。可是，要是天亮以后还回不来……老滕，这里不好久待，你就自己想办法，赶队伍去啊！"说完，她拨开树丛，悄悄地走了。

我伸手摸摸身旁的东西，那是一把雨伞和一袋青稞麦。摸着它们，我心里说不出是个什么滋味：你知道，在长征中这两件东西是无价之宝，有了伞就有了房子，就不怕雨淋日晒；有了粮就能活下去。在这种极端困难的时候，她不会想不到，万一我们俩失散了，她没有了粮食会怎样。但是她悄悄地给我留下了。

她走了以后，我几乎是按分秒来计算时间的。但是一个钟头过去了，两个钟头过去了，直到月亮从山后面升上来，照到了沟壁上，她才回来。她把背上的一些东西放下，把一件破棉衣盖到我的身上，坐在我的身旁。映着月光，我看见她的脸色惨白，两眼直直地发呆。她喘息了一阵，压低声音说："老滕，我们掉队了！"

接着，她谈起了那里的情形：她赶到的时候，反动骑兵早已溜走了。在出事地点，隆起了四座草草堆起的坟包，看样子前面的同志派人回来联络过，并且还就地掩埋了一些被害的同志。她沿路追了一程，一个人影也没有见到，只是看到前面同志在路旁留下了一个牌子，告诉掉队的同志：前面不远就是草地了，要赶快沿着山路去追他们。当时她要加把劲也许能追上，但因为我还留在这里，她就收拾了一些同志们丢下的东西回来了。

我看她实在太累了。就说："你先躺下歇歇，咱们再想办法吧！"她轻轻地在我身旁躺下。这时已经是下半夜了，天空好像比往常低了许多，半圆的月亮斜挂在天上，冷冷地盯着这空旷无人的山野；零零落落的星星，显得特别明亮；偶尔有几片浮云随着风掠过，一时把月亮遮住，山谷就更显得阴森、冷落。风，不知什么时候刮大了，茅草发出"唰唰"的响声，小树丛狂摆着，像有人在那儿奔跑……看着这情景，我忽然想起和这差不多的一幅景象来：那是三年以前，我给财主家里当羊倌，在一个暴风雨天里，不小心走失了两头羊，我明知回去以后，那个绰号叫"四眼狗"的财主不会轻放我。我偷跑回家，连一宿也没住，就从妈妈手里接过一个小包袱，拄着根棍子去找红军。那时候也曾在荒山里流浪过，也这样望过地上的树影、天上的月亮。那以后，我找到了红军，跟上毛主席东征西战，打土豪、分田地……日子过得多么痛快！这会儿，班里的同志大概也还是那么欢快吧，他们这时一定到宿营地了。一堆火烧起来，七八个茶缸子往上一放，开水"咝咝"地叫着……大个子徐又该来一段"骂毛延寿"了……那个川西参军的小胖子的脚不知好了没有？……他们也许还常谈论起他们的班长哩。可是现在，我这个班长却在这荒山野岭上掉队了。掉队，这是个多么可怕又不好听的词啊！我明白，在这时候多一个人就多一份力量，我可不能掉队！走不动，爬也要爬着赶上队伍！可是小何呢？她为了我们这些伤员，受了那么多辛苦，现在又为我掉了队……

想到这里，我心里真不是滋味。欠起身望望小何，她脑袋枕着两手，向着夜空呆望着，映着月光，我看见她的腮边垂着两颗大大的泪珠。我想：也许她刚才受了些惊吓，有些沉不住气了，就轻轻地晃晃她的肩膀问："小何，你想什么？"

"我什么都想，什么也没想。"她仍然一动也不动。过了一会儿，她突然扭转头问我："老滕，你有妈妈吗？"

我说："有，只是不知道她现在怎么样了。怎么，想家了？"

"不，我妈早没有了。还是在四次反'围剿'的时候，妈带我逃到山上，她被白鬼子抓住杀害了。妈临死的时候嘱咐我说：'你要能逃出去，就去找红军去吧！'后来我被乡亲们救出来，就找到了咱们部队。"说到这里，她半坐起身，望着我说，"这会儿，在这深山旷野里掉了队，就跟离开妈妈的时候一个滋味啊！"

我看她谈到了这个，就趁机说出了我的想法，我说："别怕，咱们掉得还不远。我想，你好腿好胳膊的，先走吧！我……"

我的话还没说完，她霍地坐起来，两只大眼睛瞪得滚圆，直盯着我，气呼呼地说："这是什么话？你，你瞧不起人！亏你还是个党员！……"说到这里，大概她想到我是个伤员，不应用这样的口气对我说话，就又放低了声音说："我怕，我怕什么？我怕你走不动！老滕啊，我刚才背你跑了一阵……唉，只怪我力气小，背着你走长路，我怕走不动……"她的声音越说越低，眼里又贮满了泪水。

我说为什么她刚才掉泪了，原来是为了这个呀！我感动地说："小何，别生气。这问题我想过了，我没有腿还没有手？走不动还不能爬？"

听了我的话，她高兴得蹦跳起来，抓住我的手说："真的，你有这决心？来，我扶着你，咱们走走试试！"她又恢复了我常见的那种带点孩子气的神情，把我扶起来，脑袋钻到我的腋下，扶我试探着走起来。

试了几步，我发现左腿虽然痛得伸不开，但半倚在她身上，用一只腿跳跶着走，还勉强可以坚持。我一面走着，一面笑着学她的口气说："看，这不是能走？你，你瞧不起人！"她难为情地笑了，说："你不知道，刚才我可愁坏了。我想，你要实在不能走，我就把你安置在这里，等把你的伤治好了再走。就是落下再远，我们也要赶上部队，你说对不对？"

"只要能走，谁喜欢这个鬼地方？"我笑着点点头说，"好，走吧！"

她高兴起来了，连忙动手给我包扎了一下伤口。这时她忽然像想起什么，又问我："你知道方向吗？哪儿是北方？"

我找到了北斗星，指给她看。

"好了，只要你能走，我们望着北斗星，一直走，一直走，一定能赶上部队！"她迅速地背上雨伞、粮袋，一只手夹起棉衣，一只手扶起了我。我们这两个人、三条腿，就踏上了赶部队的路。

我们眼望着北斗星，连着走了三天，终于走出了山区，跨进了草地。

这三天的路，我是咬着牙挨下来的。但是更苦的是小何。她背着那么多东西，扶着我这样一个大人，每到休息，还要为我搭铺、换药……比我们掉队以前的日子苦多了。特别是做饭更麻烦。我们全部吃饭的锅碗瓢盆就是一个茶缸子，要吃饭，先得找水，常常是跑出很远才找到点水；煮一碗青稞麦粥不够我吃，她还得再跑一次。等我吃饱了，她把我安置好睡下，然后再拿起茶缸、米袋，跑到水源近处去洗绷带、洗器械、弄饭吃。像过去一样，我累得倒头就睡，她怎样吃饭，甚至什么时候睡觉，我是看不到的。

我只是看出，几天来她的脸又瘦又黑，眼窝也陷下去了，只剩下了一对大眼睛。我劝她："你放开我，我自己爬一会儿，你休息休息吧！"她总是固执地摇摇头："不，不行！"

谁知道这几天还不算困难，踏进草地，困难就更多了。那草地从远处看，是很美的：一片绿油油的草，还夹杂着些不知名的野花；在红花绿草之间，闪出一块块油亮的清水。可是一走进去却像踏进了烂粪坑。烂水草一陷半尺深，这只脚刚拔出，那只脚又陷进去。我们两个人只有三只脚，就更不够用，走了三四里路，摔了两三个跟头，再也迈不动步了。小何更是够呛，她浑身弄成了个泥人，脸上哪里是汗哪里是水渍也分不清。她把衣襟撩起来含在口里，咬着牙，用肩膀扛着我，这样一步一步地往前挨。最后看看实在撑不住了，我们找了一块树丛旁的干地歇下来。

一停下，我连累加伤痛，一歪身就躺下了；她却没有休息，安置下我，径直向一堆火灰跑过去。那里，看样子是先头部队休息过的地方，她走过去，把一根根扎帐篷用的竿子和破担架杆，收拢到一起，然后剥了些树皮，横七竖八地捆绑起来。

我问她："你在干啥？"

她笑笑说："等一会儿你看好了。"

她忙了一个多钟头，用木棒扎成了一个既不像床又不像担架的木排，推到水草里去，又在上面扯上了一条粗粗的树皮绳子。弄好了，她说："老滕，把你的皮带给我！"

我莫名其妙地把皮带解下来交给她，却意外地发现她的皮带只剩下半截了。我问她："你的皮带呢？"

　　"断了！"她笑笑说。随手接过皮带，结成了圈，接到树皮绳上，然后招呼我说："来，老滕，上来吧！"

　　这下子我明白了，原来是用这玩意儿拖我走哇。我这么个大人，她怎么能拖得动？我忙说："不行，你还是扶我走吧！"她哪里肯听我的，一把把我拉起来，扶到那个能拖的担架上，把衣服、药包也放上，自己跑过去拉起绳子。

　　拖架随着稀薄的泥浆和光滑的水草，慢慢地向前移动。果然，比两个人走快得多了，我的伤口也不致震痛了，但是，小何更吃力了。她脚步蹒跚地在烂泥里走着，抻着脖颈，弯着腰，背上的绳子拉得绷紧。我歪在担架上望着她那背影，心里又感激又难过。这么个小姑娘，要不是参加革命，也许还正在妈妈跟前撒娇哩！可是现在，为了一个同志少受点苦，她却在这荒无人烟的大草原上，受这样的劳累……我一次又一次拉住绳子央求她，我说："算了吧，还是你扶我走吧！"她却扭转头笑笑说："不，我不累，这样走，我们很快就能赶上部队了！"她笑得那么愉快，仿佛真的就要到部队了似的。但是她每一次回头，我都看见，她的脸色一次比一次苍白。

　　这样走出了十几里路，太阳已经偏西了。我正在想用个什么办法使她停下来，突然绳子一松。我抬头一看，她栽倒了，一只脚深深地陷到了烂泥里，而且正在继续陷下去。我慌忙揪住绳子，拼着全力拉她，好不容易才把她拖起来，拉到担架跟前，把她扶到担架上坐着。这时，我看她似乎有些昏迷，就抓住她的手，连连叫着："小何，小何！"半天，她才醒过来，睁眼望望四周，望望我，又要去抓绳子。

这回我再也忍不住了，我知道劝说也没用，就厉声地说："小何，我不走了！"

她惊愕地问我："怎么不走了？"

这时我心里像刀绞着一样。我怎么能让这样一个好同志为我受这么大的苦呢！万一她有个好歹，我的心怎么得安？我怎么向党交代？我横横心说："小何，还是那句话，你，你不要管我了，自己走吧！"

"那怎么行呢？"她说。稍停，她似乎看出我的心情，就指着不远处的一段高地对我说："好，天已经不早了，我们也该休息了。"

来到高地上，她再也没有提起走不走的事。我因为刚才说话太"冲"，也不好意思再说什么。她在一棵小树底下为我安排了过夜的地方，照例给我换了药、做了饭，安排我睡了。

当我睡醒一觉的时候，太阳已经落下山，西天上一片通红的晚霞，把一望无边的草地照成了一片紫色。我翻身一看，小何不在。是做饭去了吗？但是粮袋子在这里，那么是干什么去了？是不是因为我刚才说话太不注意，委屈了她……越想越不放心，我悄悄地爬出树丛，四下一望，原来她在离我五六十步的一块光坪上坐着,身旁一簇火堆冒着青烟,火上放着那个小茶缸子。她低着头,正在朝胳膊上绑扎着什么,头发迎着晚风,一飞一飞的。我不禁觉得奇怪,做饭为什么不带粮袋?为什么不在我近旁的火上煮,而要另外生一堆?

我没有叫她,就径直爬过去。爬到她近旁的时候她才发觉。见我来了,她慌忙把衣袖放下,把茶缸从火上拿下,放在身后,神色显得有些慌乱。尽管她的动作很快,我还是看见了,她臂上是一条擦破的伤口,她正在用纱布包扎。我想,伤口怕我看见,那么煮的饭又怕什么呢?我爬到她跟前,一面伸手去拿茶缸子,一面问她:"什么东西?还怕我看见?"

她慌忙用手把茶缸捂住,说:"别看,别看……女同志的东西是不能随便看的!"

我略略怔了一下,却不信她的,我笑了笑问她:"少共不是不撒谎吗?"她的脸"唰"地红了,无可奈何地松了手。我把茶缸端过来一看,心里登时一酸,眼泪不禁"哗哗"地流下来了。那里面煮的哪里是饭?是几片牛耳大黄①叶子,还有几块用剪子剪碎了的牛皮,牛皮夹杂着野菜,煮出黄黄的汤,一股土腥味。这就是她的"饭"哪!我一下子明白了。这几天来,她做饭给我吃的时候,我要她一

---

① 一种野草。

块儿吃,她总是说:"反正有的是粮食,我再做嘛!"或者推托地说:"我到水边上还有点事!"当时我以为是女同志的事,不好细问,谁知是瞒着我做这样的"饭"吃!我想起她向我要皮带的情形,她的皮带哪里是断了,原来是煮着吃了!我又想起今天她拉我晕倒的情形,她,不只是累的,是为我节省粮食饿坏了呀!

我双手颤抖着,狠狠地把她那一碗"饭"往地上一泼,一把拉住她说:"小何同志啊!你的好意我知道。可是你,你怎么能不注意自己的身体呢!"说着我的眼泪又不知不觉地流下来了。

她说:"老滕,不是我不知道爱护身体,这里粮食的困难,你是知道的,又不知道多久能赶上部队,前面有那么远的路,我好好的人倒好说,你受了伤,不吃不行啊!再说,咱前面怕也很困难,就是你吃不完,等赶上部队以后,别的同志还可以吃呀。"

我说:"你就不想想,你也是个革命战士,万一你饿得不行了呢!"

她笑了笑,说:"哪能!你看我不是好好的吗?老滕同志,你总拿我当孩子,可你不懂得我的心情啊,老滕!"她显然情感也有些激动,接着说:"我常想,我要好好照顾伤员,伤员同志伤好了,身体棒棒的,对我说:'我们走了!'你们上了前线,继续为革命事业战斗,就等于我亲手杀了敌人,也等于为我的妈妈报了仇!我心里就愉快了！"

"这，我懂！"我说，"可不管怎么说，你得吃饭！就是为了我这个伤员能走出草地，你也得吃饭！"

她沉思了一会儿，慢慢地说："是啊，是该吃点粮食了。不过，要我吃粮食得有一个条件……"

"什么条件？"我急急地问。

"你以后不要再说不走了！我们要有决心走出去！"

我还能再说什么呢？我说："走，一定走！——只要你吃饭，身体好好的，我们走到哪里都可以。"

我眼看着她把粮袋拿过来，把饭煮好。她实在是饿了，端着茶缸子，大口大口地吃着。我把火弄旺了，火星在草原上飞散着，火苗迎着夜风烧得通红。透过火光，我又看见了她那天真的、孩子气的脸。我笑着说："小何呀，以后有什么事可要跟我商量，再也别瞒着我、哄骗我啦！"

她不好意思地笑了，笑得那么开朗："你，你真会揭人的短。我参加革命以来就撒了这么一次谎啊！"

你问以后吗？第二天，我们当然还是上路啦！虽然前面还有种种困难，但是已经有了前一段的经验，又有小何这样的同志照护着，我们又走了三天，终于在草地的中途，赶上了停下来收容的部队，回到了医院。有了医院的调治，在翻过岷山的时候，我的伤口也好了。

出院的那天，我自然要去找小何告别。临分手，我怀着感激而又惜别的心情说："再见吧！"她却又像过去那样调皮地说:"我们这里分别的时候,都是不说'再见'的——要是再见到你,你不是受伤就是生病,有什么好?你常写信,告诉我你消灭了多少敌人就行了。"这自然是句玩笑话,可也真被她说中了。以后我走上了抗日前线,虽然又负过几次伤,却因为和小何不在一个地区,就再也没有见到她。但是,这段生活,她那坚毅、乐观而又天真的形象,我从来没有忘记过。每当我受了伤,或是生活比较艰苦,或是工作得不好的时候,我就想起了小何。

一九五六年七月十日

后代

在战斗后的东山岛上,在一支参战部队准备上缴的物品中,我看到了一件珍奇的武器。那是一挺轻机枪,像所有新的机枪一样,乌黑的枪管,枪身的"烤蓝"瓦蓝瓦蓝的,闪闪发光;只是枪筒微微有些扭曲,有些发黄。损坏最大的部分是枪口,像被一只有力的手捏了一下似的,枪口缩小了,而且成了扁圆形,使人无论如何也想象不出:子弹会从这样的口里吐出来。

关于这挺枪,在这支部队里流传着这样一个故事:一个参军不到两年的新战士,使用着它,在这次战斗中,创造了惊人的功绩。当敌人登陆的时候,这挺枪把敌人横扫在海洋里;在掩护连队转移的时候,这挺枪把敌人杀伤在阵地前。这挺枪究竟杀伤了多少敌人,谁也数不清,据弹药手说:单是用来计算打死敌人数目的子弹壳就装了半箱子。究竟打出了多少发子弹,也算不清,只知道枪管打红了,射手的手上烙起了泡，帽舌也烙焦了，他还在射击！射击！最后，战斗任务完成了，机枪冷却后就变成了这个样子。

这个故事深深地吸引着我。"这位射手是怎样的一个人？是什么力量使这么一位刚放下锄头不久的新战士创造了这样的奇迹？"怀着这样的问题，我访问了这挺机枪的主人，这位被广大指战员热情传诵着的机关枪手黄承谋同志。

这是一个身材魁梧的小伙子，二十六七岁，高个子，宽肩膀，大大的四方脸上嵌着一双乌亮的眼睛，一眼就可以看出是个精力旺盛、意志坚强的人。他用夹杂着福建口音的普通话，向我讲述了他这次的战斗经过。通过他自己的叙述，对于他的英雄行为我了解得是更详细了，但是对于他之所以如此勇敢的思想基础，还不甚理解。我不得不提出了我所不解的问题。

大概这个问题提得太笼统了吧，他窘迫地望望身旁的指导员，半天，仿佛从指导员的脸上看出了答案似的，回答说："在进入阵地的时候，指导员对我们这些新同志说：'你们好好想想你参军的时候，你的亲人、邻居嘱咐了你些什么，首长告诉了你些什么，你离开家庭跑到这里来为的是什么……'在战斗之前，我仔细想了想这些，我的决心就更大了。"这时，指导员插嘴了："你还是把你家里的事讲给这位同志听听吧！"接着，又向我说："你大概不知道吧，他是一位老红军战士的儿子！"

"好吧，你要不嫌烦，咱就从头谈起，不过话得扯远一点儿。"黄承谋说。

下面就是他的话，也是对我的问题的回答。

我的家乡你知道，那是咱的一块老革命根据地。革命以前，我家连巴掌大块地也没有，爹在农忙的时候给地主做做短工，冬闲时节上山打打猎，哥给人家当放牛娃，一家人一年到头过着苦日子。一九二九年，毛主席带着红军到了我们那个地方，我们那儿闹起革命来了。暴动以后，爹就参加了红军，在红九团当战士。听说是在三次反"围剿"的时候缴到了一挺机关枪；因为爹是打猎出身，准头好，就让他干了现今我这一行——机枪射手，跟着毛主席东征西战，打击国民党反动派。

这些，都是我妈告诉我的。那时候我才四五岁，是个抱着大人胳膊打"滴溜"、趴在地上戳"尿窝窝"的孩子，哪里会记得这些事？不过以后的事我约莫就记得了。一九三四年刚开春的时候，我们这块儿风声慢慢紧起来。一天，乡文书带来了一封信，是爹写来的，说他已经随着方志敏同志北上抗日去了。记得当时乡里还给我家送来了很多慰劳品。这年秋天，乡里组织了欢送红军出征的大会，妈领着我和哥哥、妹妹去参加，坐在"红属"代表席上，胸膛上还戴着一大朵鲜红鲜红的花儿，吃着菠萝、甘蔗、阳桃……

可是这个会开过了不多久，日子一下子变了，白鬼子来了。妈把我们嘱咐了又嘱咐:"见人可不敢说你爹当红军呀!"妈过去是妇女会员,最爱跟人谈红军的事,还爱唱个山歌小调的,现在也像一张封条贴住了嘴,不说不唱了;只有村东头根老爹来玩的时候,才肯眉开眼笑地说几句。根老爹也真好,不光跟妈说话,高兴了还给我们兄弟俩讲故事。有时候他扭着我的耳朵说:"伢子,想不想你爹?好好听话,别淘气,等大了好接你爹的班!"

说真的,我们兄弟俩实在想爹。有时想得厉害了,我问妈:"爹啥时候回来?"她总是半开玩笑半认真地指着村前的那棵大榕树说:"等这树上长出一匹大红布来,你爹就回来了。"说也好笑,那时候我起早贪黑地围着那棵树转,看那红布有没有长出来。

有一天早上,天一亮,我又溜到那里去了。嘿,这下子可看到了:在树顶顶尖上,挂着一大块红布,鲜红鲜红的,风一吹,呼啦呼啦直响。我高兴得一蹦老高,脚不沾地地跑回了家,对妈说:"妈,妈,老榕树上长出红布来了,爹快回来了。"妈一听,也高兴地笑了。她赶紧跑到院里,向着那大树梢头望了一会儿,然后把我搂在怀里,小声地说:"我的傻孩子,那红布是咱们留下的红军挂在那儿的旗子。你爹这会儿还不知道在哪个山沟里跟白鬼子打仗呢。"

我问:"留下的红军在哪里?"

妈说:"在山上。"

"在哪个山上？"

妈不回答我了。她寻思了一会儿，说："你去找你那些小伙伴们，把看见红布的事偷偷地告诉他们。对他们说：红军就在这近边的山上，在老榕树上挂起红旗来了。"

真怪，自从这事传开了以后，村里大人们的脸色都好看些了。只有白鬼子不高兴，当天就慌慌张张把那旗子扯下来，还在那树底下放了个岗。

又过了四五天，这天晚上已经下半夜了，我们正睡得好好的，忽然窗户"砰砰"地响了几声。妈慌忙披上衣服坐起来。我和哥哥也都惊醒了。妈把耳朵凑近窗子听，只听得外面小声地说："承伢子妈，开门！是我。"那声音好熟啊！只见妈慌手慌脚地一面抹着眼睛一面往床下走。走到门口又犹豫了一下，才走出外屋，轻轻地开了门。

门一闪，一个人进来了。妈把门关好，点上了灯，用针线筐子把灯亮儿遮住。灯影里，我认出了，那是爹。爹的模样简直叫人不敢认了：脸很瘦，头发老长，满脸连鬓胡子都留起来了，活像个大刺猬；只有两只眼睛还那么乌黑闪亮。他拍拍哥的肩膀，摸摸我的脑袋，还把睡着的妹妹抱过来亲了亲。那乱草般的胡子缝里露出两排白牙，笑了。

妈定睛望着爹，半天才说："你咋回来了？"我瞧妈的脸色有点不大好看。

"怕我给你娘们丢人，是不是？"爹笑着望了妈一眼，把衣服襟一掀，一支乌亮的驳壳枪露出来，"快给弄点饭

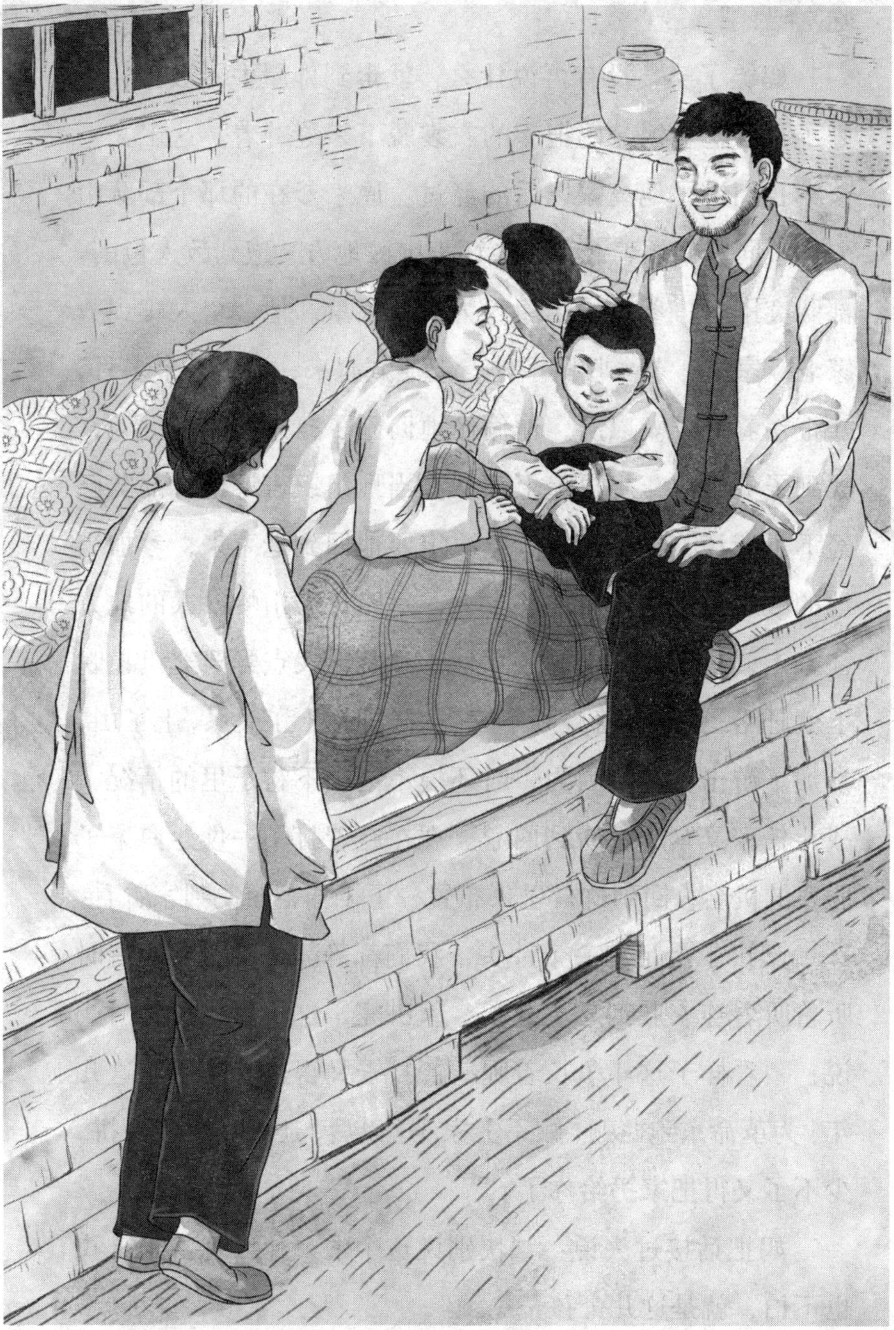

吃吃吧！"

　　妈笑了笑，没有再说什么，就走到外屋去弄饭去。饭好了，爹吃着饭，妈把爹的衣裳脱下来缝补着。这工夫，爹给我们讲了他离家以后的经过。原来爹在的那个部队由方志敏同志带领着北上，在怀玉山区地方，遭到敌人包围。部队突围时，爹负了伤。因为伤势很重，他一个人爬到一家老乡家里，老乡收留了他，把他藏起来，治了一个多月，才把伤养好了。以后，他偷偷地回到了赣东北老根据地，找到了党组织，想再追上部队。当地组织告诉他，部队已经下了浙江，追不上了。党决定要他回到老家来，参加当地的敌后游击斗争。他一个人，一路拣着山岭没人的地方往家走，白天找个山洞、草棵子睡觉，找点野菜充饥，晚上就赶路。就这么着赶到了家乡。随即接上了关系，上了山，参加了游击支队。因为一时还摸不清山下村子里的情况，战斗任务又紧，没捞到回家。现在趁着打了一仗，白鬼子胆寒的机会，回到这村里来布置一下工作，顺便到家看看。

　　爹讲了足足有一个钟头，我们都静静地听着。妈有时听着听着连衣服都忘了缝了。爹讲完了这段事，扭头对妈说："看样子这斗争长着呢，苦日子又得过几年了。这几年，为革命东跑西颠，顾不上家；这以后，还要和这些人拼，少不了又得把家扔给你了。"

　　妈把话接过去说："快别说这个啦，什么苦苦难难我也不怕，就是这几个孩子……"

爹说:"孩子倒也好说。平常多开导开导他们,让他们知道自己是什么人的后代就行了。"说着,爹把身子往前挪了挪,扶着妈的肩膀说:"说实话,像咱们也不要什么人给上坟添土、接续香烟,就怕事情干不完,得有人接班啊!"

"咳!"妈看了看我们,叹口气说,"依着我呀,就该所有受苦受罪的事都撂在咱膀子上,咱们一肩挑过去,好让孩子们日后能享点福!"

他们这样说着拉着,又过了一大会儿,妈才把衣裳补好。她找出两件旧衣裳,包了个手巾包。爹伸手接过来说:"时候不早了,我还得到西头老根家去趟。叫大伢子先去看看路,你再把现成干粮给我带上点,给山上的病号吃。"

哥出去了。妈一边给爹收拾着干巴窝窝,一边问:"还回来不?"爹说:"工作多着哩,以后常回来。你和孩子瞅空偷偷地给我安排个住的地方。"

哥回来以后,爹掏出枪,又把我们摸了摸,亲了亲还在熟睡的妹妹,跨出门,放轻脚步走了。

爹走后的第二天,夜深人静的时候,妈把妹妹安顿着睡好了,就带着哥哥和我,来到后院破墙根底下。妈用脚步把地面量了量,一锹刨下去。

妈一锹锹地挖,我和哥就把土倒弄到筐子里。这样干到天放亮,妈再把窖口用草掩上,把周围的土迹打扫干净。第二天瞅瞅没人,就把筐子用脏土一盖,挑出去倒在水坑里。

为了使爹早一天回家来，我们干得都很起劲，五六天的工夫，地窖子就挖成了。这地窖子就是个长方形的坑，上面架起木棒，在上面搭了些树枝头、红薯秧子、乱草，还留下个小洞透亮儿。看去只是个平常的柴火垛，不弄翻草是看不出什么的。妈还特意把里面收拾了一番：铺上了稻草，放上了被窝。

　　地窖子挖成，爹回家的次数就多了，隔个十天半月准回来一趟；有时当夜就走，有时也住一两天。白天，待在地窖里，晚上就爬出来，逗着我们玩一阵。在玩的时候，爹总是讲故事给我们听，讲过去主力红军打仗的故事：他怎样用一挺机关枪卡住二三百个敌人，让我们红军部队一下子消灭了他们；一个十多岁的红小鬼怎样用一块石头缴了一支枪。这些故事真好听，一听了我就翻来覆去地半宿睡不好觉：我什么时候才能像爹那样去闹革命、打白鬼子呢？……

　　可惜，爹这样讲故事的时候不是很多，常常讲个半截就出去了，直到鸡叫的时候才回来。有时，深更半夜的，我们家里也来些客人。这些人我大都很面生，只认得根老爹，还有一位常来的赵叔叔。他们一来就待半夜，有时我睡醒一觉了，他们还在外屋喊喊喳喳说话呢。

　　这天，爹没有出去，我们一家子闲谈。我问爹："你白天待在地窖里闷不闷？我进去给你做伴好不？"

　　爹说："不，我一点儿也不闷。你看，我有这个。"

他从腰里掏出一个小油布包，打开来，拿出几个纸本子朝我一晃："这比你给我做伴还强呢。"

我留神一看，有两本是油印的书，另外是一本小字典。小字都密密麻麻的，连个画也没有，而且都磨蹭得不像样了。我说："这有什么好看的？"

爹把字典一举，说："你还不知道它的好处呢。我拿这个认字，认会了字，就看这个。"他又拿起一本油印书一举，说："你别看它不像样，这是宝贝呢！上面写的就是毛主席——毛泽东同志的话。看着它，爹就有本事打白鬼子了。你看，他说得多好：'打倒土豪劣绅！'你想想，那几年咱把土豪打倒了，日子过得多美气！这本，"他又拿起了另一本，"也很好，不过爹一时还读不大懂，以后慢慢看。写这书的人名字叫列宁！他的事以后我慢慢给你讲。"说完，他又把两本书小心地包起来，掖到衣兜里。

这天，爹和我们闲谈的兴头特别大，多会儿都是这样，一谈到毛主席，他的劲头就来了。他装上管毛烟吸着，摸弄着他那一大把络腮胡子，笑着拉了妈一把："来一段山歌怎么样？弦定低一点儿，不要紧。"

妈笑着瞪了他一眼："这是唱山歌的时候？要听，叫承伢子给你唱，他赵叔叔不是才教了他个歌！"

"哼，为什么不是唱歌的时候？白鬼子再凶能吓住谁？承伢子，唱！"

我看爹实在高兴，就依在妈怀里，小声唱起来：

不怕强盗不怕偷，不怕白鬼来烧楼，
破屋烧掉不要紧，革命成功造洋楼。
打起红旗呼呼响，工农红军有力量，
共产万年走天下，反动总是不久长。

屋里静悄悄的，我的声音虽小却显得非常清亮。唱着，我偷眼看看爹，只见他半躺在那里，一动也不动，两眼直盯着屋顶，脸上露出兴奋的笑容，连手里的旱烟也搁灭了。妈刚才还不答应唱，这会儿也随着我的歌调哼起来。

唱完了，屋里静了一阵。爹坐起身，用烟管戳着我的鼻子说："伢子，你整天挖野菜，啃菜窝窝，脚上连双鞋也没有，觉得怪苦是不是？可是等你长大了，革命成功了，那可就应了这歌上的话了。嘿，那时候……"

接着，爹就兴高采烈地讲起革命胜利以后的生活来：怎样巩固胜利，怎样进行建设……自然，那时候革命正在困难时期，对革命成功以后的生活想得并不完全。可是爹讲的时候劲头足极了，满脸笑容，眼睛发亮，两手不停地比画着，就像那好日子已经就在眼前了似的。他越讲越高兴，伸手把我们弟兄俩揽到怀里，把我们每人的脸都亲了亲，压低了声音说："孩子，好好地记着，你老一辈的人，风里来，雨里去，血，一捧一捧地流，就是为的这个。现在，这一天是不远了，可是眼下刀把子还在敌人手里捏着嘛，要拼上性命去抢啊！等我们把它抢过来，交给你们，这好日子就是你们的了。那时候，你们可别忘了，这是老一辈人拿命换来的，就是拼上性命也得保住它，还要把它侍弄得更好……"

夜深了，屋里更静了，静得掉了根针都能听见。窗外西北风"呼呼"地吹，树叶"唰唰"地响，油灯的火焰忽闪忽闪地跳。爹把我们抱得更紧了，我觉得出他的手在不停地抖动，他的胸膛里面什么东西在咕咚咕咚地响着。

这样的日子过了半年多，算起来已是一九三五年八月天了，正是橘果挂满枝、稻穗打黄闪的好时候。爹已经有两个多月没回来了。这期间，根老爹前后背来过两个挂彩的同志，在爹住的那个地窖里住过，可就是爹没有回来。往常，爹也有个把月不回来的时候，但隔的时间从来没有这么长。我问妈，妈说："爹在打白鬼子呢，天天打仗，哪能三天两头回家逗着你玩？"话虽这么说，我看她也有些心神不安的。她常跟我一道去挖野菜，到白鬼住的地方溜达，还断不了打发哥到根老爹家去借个瓦盆、送个箩筐的，顺便打听一下。

妈说的也真。近来南边大山里常常传来枪声。在挖野菜的时候，时常看见白鬼子保安团一队一队，怪神气地往山根下开，还带着大炮呢。过不了几天，又开回来了，可是人比去的时候少多了，模样也全变了：衣服破了，鞋子绽了，个个垂头丧气的。还有好多挂彩的，有的拄着拐棍，有的胳膊吊在脖子上，还有的干脆放在竹排上抬着。一看见这些人,妈总是小声对我说:"这都是叫你爹和那些红军叔叔们打成了这个鬼样子。"哥从根老爹那儿回来,也讲山上打仗的事,说是白鬼子对山上逼得更紧了,一会儿"围剿",一会儿烧山。我们也在加劲地打击他们,说是这叫作"以红对白"!

一天晚上,天黑没多久,又响了一阵子枪,还夹杂着手榴弹"咕咚咕咚"的响声,足足闹腾了两顿饭工夫。响声不远,估摸着就在南边旋风山上。

半夜的时候,我被一阵轻轻的但很急促的敲门声惊醒了,侧耳细听,仿佛还有人在喘粗气。我想:说不定又是有受伤的同志来了。妈连忙去开门。门一开,只听得妈"啊"地惊叫了一声,接着一阵乱糟糟的脚步声走进来。我跟着哥跳下地,外屋人已经进来了。只见根老爹和那个赵叔叔抬着一个人,妈拦腰扶着他;赵叔叔背上还背着一挺机关枪。妈招呼哥点上灯。我跑上前一看,原来受伤的是爹。爹已经不像个人模样了:满头满脸都是伤,蓬松的胡子被血粘成了一片,胸前的衣服也全是一片紫红。他紧咬着牙,闭着眼,鼻孔里不断呼着粗气。

妈把爹安放在床上,没有说什么。她眼里噙着泪,望着根老爹。根老爹望着妈痛苦地点了点头,好像什么都明白了似的,小声地说:"伤得不轻。你赶快给他洗洗包包,把他藏起来,防备白鬼子来搜查。我们还得去找别的同志,不能久待,天一亮我就去请大夫去。"说罢,又伸手摸了摸爹的嘴唇，爹没动；他叹了口气，掏出几块光洋放在妈的手里，就走了。

爹是怎么负伤的呢？事情是这样的：

近来，白鬼子对山上的游击队的"清剿"加紧了。游击队虽然打了几仗，也消灭了不少敌人，但敌人这次比往常都来得凶，他们调动了大批兵力，把山团团围住，拼死地把包围圈缩小。我们游击队越来越困难：粮食断了、弹药不够、伤员增多了。为了保存革命力量，甩开敌人，开辟新的地区，支队决定突围。但是，敌人包围得这么紧，兵力又这么大，要想平安地突围出去，非要有一支小部队把包围圈撕开一个缺口，替部队打出一条路来不可。这时候我爹站出来了。他向支队长和政委说："我带着我们中队来执行这个任务！反正这里地理我熟悉，等大队过去以后，我们再摆脱敌人去追你们。"

支队长答应了我爹的请求，向他详细交代了集合地点、联络记号。爹准备了一下，在太阳刚要落山的时候，就出发了。临走，支队政委握着爹的手说："黄茂有同志，你是共产党员，是毛主席亲自带领过的老战士，这次无论如何要把任务完成！"爹没有说什么，只是严肃地应了声："是！"

战斗是很激烈的。爹把红旗一卷，往背后一插，将全支队仅有的两挺机枪中的一挺抓在手里，把队伍分成两股，直奔东面那突出的两个山头扑过去。敌人被这突然的打击吓蒙了；我爹带领着全中队的同志们，边打边上，一口气攻上去，占领了山头，把敌人包围我军的这条铁链一下子扭断了。

缺口打开了，爹打出两颗手榴弹，随手把红旗展开来，迎着风一摆，支队长就带着大队，抬着伤员，顺着两个山头当中的山谷穿出去了。

支队刚过完，白鬼子也缓过劲来，就向山头猛扑，把一个多团的兵力都压到爹和他指挥的那个中队身上。爹指挥着二十多个游击队员，摆开个半圆形，把敌人死死地顶住。一直打到天完全黑定了，估计大队也走远了，才下令转移。为了拖住敌人，不让敌人追击主力，爹转换了方向，边打边往北撤。就在这时候：一颗子弹从爹的脸上擦过，爹负了第一次伤。

按照原来的计划，爹想靠着人少目标小，不声不响地贴着山沟，从敌人当中穿过去，一直插到我们住的村后，奔上北山，然后再折转来向东去，追上部队。这个计划是大胆的，也是巧妙的。可是正在行动中，因为一桩意外的事被敌人发觉了：原来敌人为了破坏我们的游击队，就在主力红军撤走、留下的部队和地方工作人员上山的时候，派了一个奸细，冒充掉队的红军，混进了我们的队伍。他几次想破坏都没有机会下手。这回，就在中队悄悄地穿进敌人的防区的时候，他"啪"地打响了一枪，又大叫起来。爹一抬枪就撂倒了他，但敌人听到声音，立即扑过来了。

中队一开始就处于不利地位：敌人从三面包围过来，另一面又是七八丈高的笔陡的悬崖。爹趁敌人还没有完全合拢，就斩钉截铁地下命令："赵先敦留下压子弹，一分队长带队；等我的机枪一响，就贴着沟边往外突围！"接着，他又掏出自己的驳壳枪和一包文件，交给一分队长说："带给支队长和政委同志！"说罢，端起枪就朝南打了一梭子。敌人火力被吸引过来，同志们趁空突出去了，只有爹和赵同志陷落在敌人的包围圈里。

敌人越逼越近，还不停地吆喝着："抓活的！抓活的！"这时爹的前胸又中弹了。他撕下一块衣襟把伤口掩住，仍然咬着牙，把脸颊贴着枪托，一梭子，又一梭子……正打着，赵同志递过最后一个梭子，小声说："坏了，子弹就这些了。"爹接过来掂量了一下，"咔"的一声换上，对赵同志说："阿敦，革命战士死也不能落在这些家伙手里。可这挺枪……"敌人上来了，他打出了几个连发，敌人缩回去，他又说："这么办吧，万不得已的时候，跳崖！你抱着枪，我背起你，咱们一块儿跳。有我在下面垫着，我完了，你在，枪也在；要是都完了，枪也就摔个差不多。记住，要是人不能动了，就把枪毁了！来，给！"爹把枪端起来，朝着敌人打出了最后的几发子弹，就往赵同志怀里一递。赵同志还想推辞，说："咱换……""换"字刚出口，敌人冲到面前了。爹一咬牙，说了声："好吧！"挣扎着站起身，机枪一抡，把扑上来的那个敌人打下了沟，随手把机枪往怀里一靠，又猛然贴胸抱住了赵同志，倒退着走了几步，一只脚猛一蹬沟沿，爹在下，枪在上，坠下沟去。

赵先敦同志坠下崖就摔晕了。一连几声手榴弹响，把他震醒过来。黑暗里，他伸手一摸，身子底下是机枪，枪下面就是我爹。爹已经人事不知了，但两手还紧紧地抱着他。他摸摸爹的心口还暖，试试自己的手脚还灵便。再留心听听，崖上已经没有动静，大概因为崖头太高太陡，敌人估计他们摔得差不多，投下几个手榴弹就走了。于是他趁着黑夜，背起爹和机枪，悄悄地钻出山沟，一口气跑到了中共地下组织的联络站——根老爹的家里。

这些情况，是以后赵同志对我们讲的，当时哪里顾得讲这些！他们俩走了以后，哥和我帮着妈把爹的伤口洗净，用干净布包扎好。妈俯在爹身上，低声地叫了好大一会儿，爹才慢慢醒过来。他睁开眼，四下里望了半天。妈问："痛吗？"他没回答，问妈："阿敦还在不？"妈回答了他。他又问："枪呢？"我插嘴说："赵叔叔扛着呢。"他听见我的声，侧眼望望我，胳膊动了动，看样子想摸摸我。我赶忙凑过去拉着他的手，妈也把妹妹抱到他面前坐着。这时，我看爹的脸色比刚进来时好些了，嘴角上微微挂着笑，还像平时给我们讲故事时那么慈祥，却少气没力的。他闭上眼休息了一会儿，张了张嘴，摇了摇头，困难地说："还有多少事要干啊！……唉，太早了……"他拉过哥和我的手，望了望妈，说："伢子妈，要常想着这孩子是谁的呀！"说完，又问我们："孩子，以前爹给你们说的话都记住了？"我们点点头。他又断断续续地说："记住，一定得记住！也记住你爹是怎么死的，是……为什么死的！你们知道，爹是个共产党员，不会给你们留下什么金银财宝、肥地高楼；留给你们的是……没杀净的白鬼子，是还没完成的革命工作。大了，要学好，别辱没了你爹的名字！"这是爹说的最后的话。

爹死了。我和哥都抽抽噎噎地哭起来。我哭着，又怕妈伤心。偷眼看着妈，妈却没有哭，眼里连个泪花都没有。她轻轻地抚着爹的胳膊，两眼直直地盯着前面发怔。好一会儿，她紧咬住嘴唇，重重地"嗯"了一声，一伸手把我们俩搂在一起，说："好孩子，别哭！你们见你爹哭过吗？再看看你妈！"

她把我们的眼泪擦干了，说："来，孩子，先把你爹埋葬了。"她慢慢地换下爹的衣服，从爹的衣兜里，拿出爹常看的那两本书。随着书本掏出半个红薯、野菜和树皮拌和的窝窝来。她把这东西递到我们的面前，说："看，你爹是那样死的，是这样活着的！孩子，这都是为了你们啊！"说完，随手撕下一片血衣，把这些东西小心地包起来。

料理好了，我们娘儿三个来到后院，把原来爹在家藏身的那个地窖上的草掀掉，把爹小心地抬起，放在里面。妈领我们跪下来。我们静静地跪在那里，一动也不动地跪在那里。直到一声鸡叫，妈才像醒过来似的，说："伢子爹，你的话我记下了，我知道这后代是谁的。"

我们磕了几个头。妈吩咐哥把铁锹拿来。我们把坑填平,妈又把那半截破后墙从墙根底下往里挖了挖,然后领着我们转到墙后,说了声:"推!"娘儿三个一用劲,墙"呼"的一声倒下,把爹的墓坑埋住了。

把一切弄停当,回到屋里,天已放亮了。妈从包袱里拿出几件旧衣裳,交给了哥,又把从爹衣袋里拿出来的那两本书和根老爹留下的光洋递到哥的手里,抱住哥,把脸贴在哥的头上说:"孩子,去找你根老爹吧,去上山!你就说,是我妈叫我来的,也是我爹的意思。"略停了一下,又说:"你对根老爹说,以后有什么事,找我和承伢子。"

哥上山当了红小鬼,听说打仗很勇敢,思想好,能吃苦,同志们都说他处处像爹。有时也还偷偷地回家看看。后来,我们江南游击队合编成新四军,他随在队伍里,顺着爹没有走完的那条路,走上了抗日前线。一九四〇年的时候,听说他当了排长,再往后就没有了消息。

哥上山以后,我就顶了哥的那事:有事送送信,秘密开会时通知人、巡风……干起了革命工作。妈靠纺纺纱、给人做做针线活,养活着我和妹妹。背地里还装着买棉卖线,干着地下交通的工作。这些日子里,保安团敲诈、勒索,骂我们"匪婆""匪崽",那欺凌就不用说了,可我们不管这些,照样坚持着斗争。我们就这么含辛茹苦地熬到了一九四九年,迎接红军——解放军打过来。

讲到这里,顺便给你讲讲我是怎样参军的吧:

一九四九年后,我自然积极地参加了二次分田的斗争。

我家分了田，搬了房子，我还当了民兵队长。一九五一年抗美援朝参军的时候，我的心就动了。可就是有一点儿放心不下：妈年纪大了，有个腰疼病；妹妹也该出嫁了，怎么能扔下她们走呢？我左思右想拿不定主意。

这天，妈忽然想到爹坟上看看。我和妹妹扶着她来到爹的坟前。自从我们搬了房子，村里就帮着我们把爹葬身的地方修成了坟堆。这会儿，墓堆上已长满了青草和野花，墓旁的小柏树也长得很高了。妈绕着墓地走了一圈，在小树底下坐下来，半天，忽然对我说："承谋，我心闷，你唱个老歌给我听听。那个'造洋楼'咋唱来？"

我把这个歌唱了。她想了一会儿，说："我也唱个给你们听吧！"我好奇怪，自从爹牺牲了，她就再也没唱过歌；中华人民共和国成立后偶然哼两句山歌，也不常唱，今天怎么忽然高兴了？只听妈说："这歌还是那年送慰劳鞋的时候，主力上一个同志教的呢，已经快二十年了。"说罢，清了清喉咙唱起来：

　　人民翻身闹革命，红军志气高如天；
　　老子牺牲儿顶上，哥哥死了弟上前……

这歌，妈一连唱了两遍，唱着唱着，妈眼圈一红，掉下泪来。自我记事以来，除了解放军回来的时候，妈欢喜得哭了一阵以外，就没掉过一滴眼泪，这回是怎么了？唱完了，妈从腰里掏了半天，掏出一件东西，问我："还记得不？"我一看，正是爹的那块血衣包包。我说："记得。"妈含着泪说："十六年前，你爹在的时候，你才这么高。"她用手比量着，又说："你不是给你爹唱过'造洋楼'吗？你爹那时候说的话你还记得不？"接着她又絮絮叨叨把爹的事给我们讲了一遍。末了，说："如今你爹早已不在了，你哥这些年不见音信，说不定也牺牲了。现在刚把白鬼子打倒，洋鬼子又要来，国家正用人，我想再把你送了去。"

妈讲得我的心一阵阵发紧。其实，我不是不知道该去，可是……我把我的心事给妈说了。谁知这一来妈火了。她气得手直发抖，指着我的鼻子说："你倒好！你爹在世的时候怎么给你说的？你爹临死的时候又怎么给你说的？现在好日子到了手，你却不想动了！你别忘了，你是爹妈的儿子，也是革命的后代啊！"她扶着小树咳嗽了一阵，又说："我老了，不是还有你妹妹，她能不管我了？再说，还有政府和亲友邻居！"

第二天，我就报了名。不过因为参军的人数太多，没有到朝鲜，我就要求参加了解放军，来到了海防上。

我的事就说到这里。同志，你说我怎么能不好好地战斗呢！爹说得对：老一辈用一捧捧的鲜血换来的红色江山，就在我们背后，我们要好好保卫它！妈说得好：我们青年人，不但是爹妈的儿女，也是革命的后代啊！

一九五六年九月十日

歌声

我们钻进这荒凉的原始森林,已经整整三天了。

十月里,东满的森林是阴郁而寒冷的,一九三五年的晚秋,却似乎比往年来得更早一些:茅草早已枯黄了,在积年的腐土上,又压上了厚厚的一层落叶。从兴凯湖面上吹来的风,像无数只粗大的手,摇撼着树梢,撕挦着松针、败叶和枯枝,把它们随意地撒开来,使得这傍晚的森林更显得阴森、凄冷。

我沿着树丛的间隙蹒跚地走着。眼看再有几十步就可以翻上前面那个山包,但两条腿越来越不听使唤了。背上越来越重,仿佛背的不是一个人,而是一座山;脚下的败叶更软了,一脚踏下去半天也抬不起来。伤口像钻进了无数小虫子,钻心地疼,太阳穴一阵阵发涨,眼前的树干慢慢地模糊、晃动起来了。蓦地,脚被树根一绊,身子踉跄了一下,"砰"的一声半边脸颊撞到树干上了。

迷迷糊糊地,我觉得背上耸动了一下,一只袖管轻轻地摸到了我的额角上,把汗水和血水给擦了擦。接着,他叹了口气,低低地叫了声:"老董……"

"老赵醒了!"这个念头使我一阵高兴,惊醒过来。老赵的伤势很重,流血太多,从今天早上就一阵阵昏迷起来,这也说不上是第几次醒来了。我伸手扶住树干,定了定神,然后蹲下来,解开那条临时当作背篼的被单,把他轻轻地放在树下的一堆枯叶上。

他斜倚着树干躺下来,用那失神的眼睛看了看我,又四下里打量了一下,问我:"小孙呢?"

"在埋溜子①,还没上来呢。"我一面回答,一面探身向山下望望。在这浩瀚的大林子里,小孙这孩子似的身躯更显得矮小。他一手提枪,一手拿根树条子,正在一步步后退着,把我们踏倒的草扶起来。他做得那么仔细,从背影看去,好像不是在敌人的追踪下突围,倒像住屯子的时候给老乡打扫院子。

老赵挣扎着欠起身,向小孙走来的方向看了看,伸手摸摸我脸上的擦伤,长长地叹了口气:"唉,我可把你们俩拖毁了!"说着,他猛地扭过头去。

"这风……"他扬起手掌揩了揩眼睛。

他的心情我是理解的。他是我们连出名的硬汉子,再

---

① 指为保守军事机密,部队派出专人除掉行军痕迹。

苦再难,你在他嘴里听不到一句"熊话",在他眼里看不见一滴眼泪,可是现在……他大概也看出我实在是难以支撑了。可是他就没有看看自己。这会儿,他那副憔悴的模样,真叫谁看了都觉得心酸:本来就不丰满的脸,只剩了四指宽的一条,煞白煞白的,像块风吹雨打的旧墙皮;眼窝深深地陷下去,满头缠着破布条做成的绷带,额角上、肩膀上、腿上到处往外渗着血水,要不是那双闪闪的眼睛,谁能信这是个活人?

我扶他躺好了,把他伤口上的绷带又扎了扎,伸手从怀里掏出了最后的那个苞谷,掰下几个粒子放到他那干裂的嘴里去。我像是安慰他又像安慰自己,说:"好好躺一会儿,别胡思乱想了。要是今晚敌人不再追上来,我们歇一阵还能再走的。"

入秋以来,我们这个连队接受了一项特殊任务:全力向东北方向活动,吸引住敌人,让大部队向西发展。一个月来,我们的活动拖住了敌人,完成了任务,但连队被大队的鬼子紧紧地盯住了。就在三天前的下午,在袭击一个林警队住的屯子的时候,遭到了敌人突然的包围。部队拼死战斗了一个下午,总算突出了重围,而同志们却被冲得七零八散了。

我们三个就是在这种情况下凑在一起的。我在突围的时候左臂受了一点儿擦伤,伤势不重,还可以坚持着走;四班长赵广烈的伤势比我重多了,头上、腿上有好几处伤口。唯一的一个囫囵人,就是连部的通信员小孙了。我们组织了一下:老赵由我驮起走,小孙留作后卫,负责监视敌人和消除足迹。

就这样,我们三个人钻进了大森林,和敌人玩起了"捉迷藏"。

当时,原想躲上一两天就可以把敌人甩开的。谁知鬼子发现他们上当了之后,索性集中了全力来对付我们。他们调遣了沿路的保安队、林警,紧紧地盯住了我们的屁股,一步也不放松。几天来都是这样:我们好容易把敌人撇开,还来不及烧堆野火,找点水喝,鬼子就赶上来了。

今天,可算最平静的一天,从中午到现在没有发现敌情,也许可以让我们稍稍休息一下了。

我把老赵安排好,自己也在这软绵绵的树叶上躺下来,一粒粒地嚼着苞米。这时,小孙上来了。这孩子,几天来也吃尽了苦头,原来红扑扑的一张小圆脸,如今变得又黄又尖,显得两只眼睛更大了。他是两年以前,随着父亲越过鸭绿江,逃出自己的祖国,参加我们抗日联军的。我们全连的同志都像对自己的弟弟似的关心着他,亲热地用朝鲜话称呼他"东木孙一"。两个月前他和我们一道刚刚掩埋了他的父亲——我们的孙营长,现在又和我们一起熬受这种艰苦危难。

小孙还是一股孩子气,他三脚两步跑到我们身边,摊开衣兜,把一大把榛子和一堆松塔抖在我们面前。他抓起松塔，在树根上轻轻一摔，就出来一堆松子，然后用手榴弹把松子一个个敲开，交给我们。他自己却扎扎腰带，像只小猫似的哧溜哧溜爬上一棵大杉树，瞭望去了。

我们几颗松子还没吃下，小孙又急匆匆地爬下来了。他一个纵身跳到我们面前，神秘地说："喂，咱们走到天边上来了。"

"什么？"我们以为又有了情况。

"到了界上了。"他往山包背后一指，"这下面就是国界，还可以看见苏联的哨兵呢。"他把"苏联"两个字说得很重，神情又惊奇又兴奋。

我们俩都为这个意外的消息激动起来了。在这以前，指导员上政治课的时候，曾经不止一次地讲到过苏联；有的连队常常在界上活动，他们也讲述过界上的情形。苏联的革命斗争，苏联人民的幸福生活，在我们这些长年生活在丛林里的抗联战士们的心里，像神话似的勾起许多想象。那时候，谁不想亲眼看一看苏联的国土啊，哪怕只看上一眼也好。现在，这个机会就在眼前，哪能轻易地放过？何况从界上或许还可以看出一点儿敌人的动态呢。

原来离我们休息的地方不远，就是这片森林的边缘。我们隐蔽在一丛榛子树后面，偷偷地向外瞭望。就在我们脚下是一条清清的小溪，大概它就是国界了。对面的河岸上，一个苏联边防军的哨兵在游动。在哨兵的身后，是一块长满茅草的小小的盆地。平坦的草场被傍晚的阳光一照，抹上了一层金色，像一大匹柔软的缎子，平直地伸向远处，一直伸到一丛墨绿色森林的边缘。草场的上空瓦蓝瓦蓝的，几朵白云在轻轻浮动，两只老鹰在安详地打着旋。

草场上，一大群苏联男女正紧张地劳动着。一天的工作已将近结束了，草杈迎着阳光，一亮一亮的，一团团草捆被扔到马车上。彩色的衣裙、花头巾在迎风飘动。

这平凡的劳动景象虽然没有什么新奇，却把我们深深地吸引住了。什么伤痛、饥饿、疲劳、生命的危险，谁也不再去想它。我们拨开树枝，把头尽可能抬得高些，生怕从眼底下漏掉一点儿东西。为了看得更清楚些，小孙索性钻出树丛，攀到一棵大树上去了。

我的眼睛里渐渐地潮湿了、模糊了。在那大雪茫茫的山林里，在战斗后休息的时刻，我们曾经多少次谈到革命胜利以后的生活呀，尽管那种生活看来是那么遥远，我们还是谈着、想着。现在，这种生活却如此平静地展现在眼前了。看着，我不禁懊恨地想：为什么仅仅这么一条窄窄的小河，却把生活分隔得这么鲜明。

我抬起头望了老赵一眼，他那双眼睛，那么亮，自从进入森林以来我就没有见它那么亮过。在眼睛下面，那突起的颧骨上，挂着一颗晶莹的泪珠。

我想跟他说句什么，突然头顶上"咔嚓"一声，原来小孙看得太出神，不小心压断了一根树枝。就在这时，一阵急促的哨子声刺耳地响起来，接着一排子弹从我们头顶上穿过去。我们被日本鬼子边界的哨兵发觉了。

我留恋地向草场上瞥了一眼，背起老赵，拔腿往林里跑去。小孙在后面掩护，他一面回枪，一面咒骂着："哼，连看看都不让……"

敌人的哨兵倒没敢往林子里深追，可是这互射的枪声却把我们的行动报告给了追击的敌人。当我们吃力地翻过山背时，山下已经布满了敌人的散兵和马队了。到处是敌兵，到处是枪声，我们连突了几个方向，都不得不退回到山顶上来。很明显，敌人已经发现我们在这个山包上，把这个山头团团地围住了。

我们来到一棵大松树底下，东倒西歪地坐下来。大家默默地互相望望，谁也不愿意开口说话，可大家心里明白：三个人里面有两个彩号，又经过了这连续三天的奔走和这一阵突围，现在别说走路，就连喘口气也几乎没有了力量，要想在这密密的重围中冲出去，已是不可能的了。

这时，太阳已经落到西边山后去了，天渐渐昏暗起来，骚乱稍稍平息了些，森林慢慢安静了。只有那"哗——哗——"的松涛在晚风的激荡下，更起劲、更单调地响着，间或有几只归林的飞鸟吱喳地叫两声，远处偶尔传来一两声冷枪和战马长长的嘶叫，整个森林显得更加阴森、更加寒冷了。

我望望他们俩。老赵半睡半醒地躺在那里，一会儿睁开眼睛，呆滞地望望树林梢头那一小片蓝天，似乎在思索着什么。小孙耷拉着个脑袋,两手不停地抚摸着那支小马枪的枪托,半天,迸出了一句话:"这……都怨我啊!"说着,抽抽搭搭地哭起来。

老赵长长地吐了口气,脑袋侧向小孙的脚边,伸手把小孙的鞋带仔细地系了系,直盯盯地望着小孙的脸问道:"你今年十几了?"

"十七。"小孙慢慢地抬起头。

"你年轻,又没有受伤。你得活着。我们俩往东那么一打……"

他的话没说完,就被小孙气愤地打断了:"你……别说这个!咱死,死在一起,埋,埋在一堆……"

其实,这回答也是在人意料中的,要一个抗联战士为了战友去牺牲自己倒可以,但要他扔下战友自己活着,那是办不到的。

话一时停住了,谁也不再说什么。林里更静了。一阵风过处,"吧嗒,吧嗒"两颗松塔落在地上,骨碌骨碌滚到小孙的脚边,一只毛茸茸的小松鼠跟着蹿下来。它并不怎么怕人。它扒着树干,不停地摇着它那长长的尾巴,瞪着一对小眼好奇地瞧着我们。小孙捡起松塔,下意识地往里面瞅了瞅,随手丢给了松鼠。那家伙轻轻一纵,抓起松塔跑走了。

又是一阵沉默。

突然,老赵翻转身,挣扎着爬起来。只见他的嘴唇哆嗦了一下，似乎想说什么，没有说出口，却吃力地把他那只受伤的胳膊哆哆嗦嗦地向我伸过来。

还有什么好说的呢？一切全明白了。我把他那只手紧紧地握住。那只手冰冷，在我的手里不住地抖着。

接着，又一只手很快地落到了我的手上。

三只手紧紧地扣在一起，三个人的眼睛互相深深地看着。一件决定我们命运的大事就这样在一瞬间无言地决定了。

老赵抽回手，从挎包里掏出了一颗手榴弹，放在嘴里猛一下子咬开了盖子，像摆一只酒瓶子似的，矗直地放在我们中间，然后把弹弦轻轻地钩了出来。淡黄色的丝弦，卷曲着吊在弹柄上，在晚风里摇摇摆摆。

一切决定了以后，人们心里似乎安静了一些。老赵向我们询问地看了一眼，说："想想看，还有什么事该做？时间还来得及；天快黑上来了，敌人一时怕还不敢进来。"

"没有。"我摇了摇头。还能有什么事情呢？文件早在突围出来的头一天就烧掉了；牵挂吧，那还有什么好说的呢，在抚顺矿上做劳工的老爷子要是知道他的儿子是在哪里死的、为什么死的，他不会十分难过的。我只把驳壳枪往胸前放了放，从衣服里子里拿出那张一直没舍得毁掉的临时党证，叠了叠，压在枪的表尺底下——让它们和我的心脏一块儿炸掉吧！

对面，小孙也在窸窸窣窣地收拾什么，他把脑袋探向我这边，恳求似的低声说："老董，咱俩换个地方坐吧！"

他一面往我这边爬,一面解释说:"我爹临死的时候这么说过:'就是牺牲了,也要脸朝东死去——我们的祖国在那边!'"

这话说得我心里一紧一紧的。这孩子的愿望是神圣的。我刚想安慰他几句,猛地,老赵把一只手重重地按到了我的肩膀上,使劲晃着:"听!快听!"

松涛在吼着。在这海潮似的涛声里,隐隐约约地有一种奇异的声音汇合着兴凯湖上的风吹送过来。这是一个人在唱歌。歌声,不怎么高亢,也并不悠扬,它低沉而又坚决地涌进森林,压过了松涛,冲进了我们的心。

歌子是用我很不熟悉的语言唱出来的。一时,我简直弄不清这是什么歌子,只觉得它是那么亲切、那么耳熟,但很快,歌声和我心里的一支歌曲共鸣了。是它,是它!就在一年以前,我刚走进党的队伍的时候,就在这么一座森林里,在鲜红的党旗下面,和同志们一道,我第一次唱起这一支歌。这以后,我们曾经唱着它欢庆过战斗的胜利,也曾经唱着它把战友的尸体葬进墓穴……

是多么震撼人心的歌声啊!我用整个心去捕捉着每一个音符,和着这歌声,歌词从心底里流出来:

起来,饥寒交迫的奴隶,
起来,全世界受苦的人……

唱着，我竭力思索着这歌声的来处。小孙首先叫起来："这是苏联哨兵唱的……"

"嘘……"老赵生气地瞪了他一眼，似乎责备他把歌声打断了。

可是，歌声不但没有断，而且更加洪亮了。开始，只是一个男中音在唱，接着，越来越多的人加进去，有低沉的男声，也有嘹亮的女声，汇成了一个大合唱。

一点儿也不错，正是他们！顿时，我眼前出现了那个在河岸上巡逻的苏联边防军战士（大概是他第一个唱起的吧），他背后那一片平坦的草场，那些欢乐的苏联男女。我仿佛看见，他们放下了草杈，他们正挽起手，站在那个高高的土坡上，向着南方，向着我们这些被枪声和铁蹄包围着的人，在齐声唱着这支无产阶级战斗的歌曲。

这是战斗的歌声，这是友谊的歌声。我觉得我的心在发颤，眼泪不知什么时候早已顺着腮边流下来了。我满怀着感激之情在想：就让那帝国主义兽兵的皮靴暂时在河边上走着吧，你隔得开我们这些人，却隔不断歌声，隔不开我们的心！我真想站起来大声向着他们呼喊："谢谢你们！亲爱的朋友们！听见了！我们听见了！"

歌声在继续着。歌声和着松涛，合成了一个巨大的音响，摇撼着整个森林。宿鸟惊飞了，树叶簌簌地落下来。我们都情不自禁地和着这歌声低唱起来。老赵揽着我的肩膀，紧贴着我的脸，嘴巴在哆嗦着，歌词从他那皲裂的嘴唇上吐出来：

　　　满腔的热血已经沸腾，
　　　做一次最后的斗争！……

小孙抱住了老赵，越唱声音越高：

　　　旧世界打得落花流水，
　　　奴隶们，起来，起来！……

　　我们紧紧地依偎在一起，唱啊，唱啊。唱了一遍又一遍。歌声和泪一道，从心里涌出来！
　　随着这歌声，我觉得我周身的血液真的沸腾起来了。几分钟以前那种绝望的心情，早被这歌声冲洗得干干净净，仿佛自己已经走进了那个唱歌的行列，和他们挽起了手，像他们一样健壮，一样有力，变得强大起来。那劲啊，莫说突出这包围圈，就是连走十天十夜也绝不含糊。
　　不知什么时候，老赵已经不唱了。他把我们往两边推开，伸手抓起了面前的那个手榴弹，用颤抖的手指把弹弦捺到弹柄里去。然后小心地把小指套进了丝弦上的铁环。他像喝醉了酒似的，摇摇晃晃地扶着树干站起身来，目不转睛地盯着我，呵斥似的说道："不对！不对啊，老董！"他用力摇着手榴弹："我们能活着出去，我们一定得活着出去！"

　　他说出了我心里的话。想起刚才我们那样软弱无力和那种绝望的打算，我感到脸上一阵发烧。"好！"我也霍地站起身说，"四班长，你下命令吧！"

　　"没有什么好说的。继续跟着那边唱，剩一个人也要把这个歌唱到底，这就是战斗命令！"他转身向着小孙，"把枪准备好，你走头里。突出包围圈就往林子里钻。黑乎乎的，敌人是没处追的。记住，注意联络！"

　　事情像刚才那样突然地决定了。我们很快收拾停当。小孙紧握着小马枪走在前面，我把老赵背起来。不知怎的，他似乎轻了许多。我一手拄着木棍，一手提着驳壳枪；老赵手里握着手榴弹。我们轻步走下山包。

　　背后，歌声还在响着。歌声像只看不见的大手，推送着我们在这昏黑的森林里摸索前进。

　　……

　　黎明时分，在一块林中的空地上，一堆通红的篝火燃烧起来了。在篝火近旁，我们紧紧地拥抱在一起，嚼着新爆开的爆米花，我们放开嗓子纵情地歌唱起来。

　　　　起来，饥寒交迫的奴隶，
　　　　起来，全世界受苦的人……

一九五七年十月五日

村野的火星

彭绍明醒来的时候，天已经黑了多时了。他真想再睡一会儿，哪怕打一个盹儿也好。这像头发一样披散着的、长长的榕树根，把人严严地罩住，又挡风又保密；这厚厚的树叶子又软又暖和……可是不行，时间实在不早了。他伸手从脖子上摸下一只蚂蚁，没有捏死，却把它轻轻地一弹，弹出老远，想道：倒亏它咬了我这一口，要不，还不知要睡到什么时候哩。

他仰起头望望外面。林子里漆黑漆黑的，什么动静也没有。只有树梢头鸟窠里的鸟儿，大概为了挤紧些取暖，咕咕地叫两声，把几根枯枝抖落下来。风，轻轻地摇落败叶，晃着竹林，最后在林边上抓住了几片枯黄的草叶，像吹口哨似的，发出单调而又尖厉的响声。这声音使树林显得十分凄冷，使人更加心烦。

他吃力地坐起身，把盖在身上的枯草、落叶轻轻地拨了拨，把那件单军衣穿好。他顺手掏了掏口袋，从里面抓出了半截生红薯，啃了两口，又半躺在地上，习惯地把耳朵贴在地面上听了听，然后从怀里掏出驳壳枪，扳开机头，用拇指把枪栓一顶，"唰"地推上了一颗红子。他关上保险，一手持枪，一手扶地，悄悄地爬出了树林。

　　林子外面是一片空旷的田野。月亮，像被谁刮了一马勺，剩下个细细的牙儿贴在天上，沉静地盯着地面。天似乎更高了，星星稀稀朗朗的；三星正挂在前面不远处那棵大樟树的梢头，凭经验，他知道已经是夜里十点多钟了。他心里一急，连忙站起身，但不等他直起腰，两腿忽然一

软,"噗"地摔倒了。"今天是怎么了?"他奇怪地问自己,还想往起站,接着又是一跤。这一跤摔得更厉害,刚好一块石头硌在大腿的伤口上,痛得他"哎哟"一声。他伸手摸了摸,伤口肿得像个发面馒头,火辣辣得烫手,痛得心里直发麻。

"坏了,一定是昨天过河的时候伤口进了水,现在发炎了!"他懊丧地想,"再说,肚子里也实在太空了。"

他倚棵小树坐下,摸索着把伤口又扎了扎,把剩下的一点儿红薯塞进口里。他一面吃一面想:要是和同志们在一起该多好!可是队伍呢?他下意识地四下里望望,田野里是那么空旷、寂静,只有淡淡的月光把他干瘦的影子斜斜地投射在地面上。

彭绍明开始这夜游的生活已经整整一个星期了。他是红三军团五师一个连队的通信员。长征的部队突破敌人第三道封锁线以后,正兼程向湘水前进。就在离湘水不远处,部队接受了阻击尾追的敌人的任务。任务是艰巨的:为了整个长征部队能安全渡过湘水,阻击部队必须不惜一切代价,把敌人挡住,彭绍明所在的部队便担任了扼守前沿阵地的任务。

战斗是异常激烈的,敌人排炮密集地轰击着这个小小的山头,整连整营的白军集团冲锋。战士们拼死地坚持着,熬过了艰苦的一天。傍晚,阵地终于被敌人突破了,连队接到了立即撤出战斗的命令。可就在小彭向各排传达完命令,向连长报告的时候,两颗炮弹在他的身边炸开来,一阵昏黑,他失去了知觉。

不知过了多久,他醒来了,蒙眬中闻到一股刺鼻的血腥气味;睁眼一看,原来他早已离开了阵地,正躺在一个人的怀里。这是连的指导员,早在中午就负了重伤。当连队仓促撤退的时候,他正昏迷在一个掩体里,没有接到通知,也未被敌人发现。敌人越过阵地以后,他忍着伤痛在阵地上爬了一圈,在收拾烈士遗物时,发现了彭绍明。他看到彭绍明身体还有些温乎,便拖着他来到了这里隐蔽起来,而他自己因为胸部伤势太重,又加上这一阵劳累,却大口地吐起血来,这会儿,已是奄奄一息了。

看见彭绍明醒来了,指导员强打起精神,把自己的驳壳枪和两条子弹,以及一条满装银圆的米袋子递给了他。

"好,把这些东西交给你。"他把彭绍明的共青团团证和自己的党证放在彭绍明手里,用力抓住他的手,断断续续地说,"小彭,你记住:不管你走到哪里,你都是个少共团员,是革命的……"他又一连吐了两口血,话都含混不清了:"就……就是剩一滴血,也要为……人民……流!"说完,他手一松,闭上了眼睛。

彭绍明含着眼泪,掩埋了自己的首长以后,带上战友的遗物和要求,沿着山石和丛林坚持着向西走。他原希望能赶上自己的部队,但当他走到江边上时,只见江岸上一片火把通明,敌人已经修好了被红军炸毁的浮桥,大队的国民党军队正急急忙忙地拥过江去。要想赶过这密密层层的追兵,赶上自己的部队,已经不可能了。

他躲在一丛小树后面,望着那滔滔的江水和成群的敌兵,呆呆地坐着,思索着,直到天快亮了,他才拿定了主意:往回走,只要有一口气,也要回到苏区去!回到自己人中间,去进行斗争!

从此,他走上了回头路。他知道,部队长征以来走出中央苏区已经很远;就算最后的一块小苏区,离开了也已有几天了。为了安全地通过这段白区,他不得不昼伏夜行:白天,他找个僻静的山坳、树丛躲藏起来,睡上一会儿;夜里,当路断人稀的时候,他拄根竹杖,一瘸一拐地赶路。渴了,到水塘里喝口生水;饿了,到收获过的红薯田里扒点剩下的红薯啃啃。就这么着,一天天,一步步地往东赶。

这些,对于一个负了伤的、十七岁的娃娃说来,是够困难的了,但都还能够忍受。最使他难耐的,还是这可怕的孤独。他是在红色政权下面长大的。过去,在童子团里,小朋友成群结队地在一起念书、劳动。参加了红军,又是在一个和乐的大家庭里,学习和战斗。而现在,却是一个人,披星戴月,踯躅在这荒凉的郊野里。只到这时,他才深深地感到,一个人离开了同志们,离开了集体,是多么痛苦。这种对孤独的恐惧,对回到集体的热望,也成了他激励自己的力量。

"走,快点走,多走一步就早一点儿赶到苏区,早一点儿见到自己的亲人!"

可是,就像故意和他的这个愿望闹别扭似的,他前面的路是越来越困难了:人在一天天消瘦下去,步子越跨越小,开始每夜还可以走四五十里路,以后自己也觉得出,走的路程一天天在缩短;而现在,由于伤口恶化,竟然连站也站不住,看来只得爬行了。

"好吧!爬也比停在这里好!"他下定了决心,把竹杖扔开,咬紧了牙,两手使劲按住了那凉冰冰的地面。

田埂一条条在他的肚皮下面退去,那座墨黑的小树林离他渐渐远了。

月亮早已看不见了,三星越过了中天,斜挂在西边,北斗星那勺柄也歪到了地平线的下面,按时间计算,彭绍明爬了有四个多钟头了。深秋的深夜,像寒冬一样凉;收割后的稻根上,不知什么时候挂上了一层霜花,风也更急、更刺人;彭绍明觉得自己仿佛不是在旱地上赶路,倒像全身浸在冰冷的水里游泳。说来也像,因为气力渐渐不支,他几乎全身都贴在地面上,霜花沾满了袖口、裤腿和前胸,后背流着汗水,差不多全身都湿透了。每一阵冷风吹来,他都要把颈子一缩,打一个寒战。

爬行越来越困难。双手早在前半夜就擦破了,流出了一缕缕鲜血,使他不得不改用双肘支撑着往前挪动;而现在肘部的衣服也已经磨破了。伤口像无数针尖在扎,一阵阵刺心地疼。肚子早已响过多次,大概那点红薯根头早已消化完了。他紧赶了几步，来到一条高高的田埂下面，背着风躺下来。

"唉，要是有一口热汤喝喝……"他倚着田埂，望着眼前这片收割后的稻田想道。眼前的景物唤起了他一种亲切甜蜜的感觉。以前，他是多么热爱这晚秋深夜的田野啊！四次反"围剿"的时节，部队都是在这样的夜里行军的。只要前面喊一声"原地休息！"，他就会以谁也赶不上的动作，很快把包袱解下来扔在这样开旷的稻田里，一溜烟地向村子跑去。常常是他第一个跑进村子，轻轻地敲着一家的门："老乡，开门，我们是红军！"于是一笼通红的火焰就在灶膛里烧起来了。然后他又是第一个提着一桶滚开的水来到路边。连长、指导员、文书……一个接一个把茶缸子伸过来。他舀上一茶缸开水，把冰冷的手在滚烫的茶缸上暖一暖，从蒲包里抓出一小撮饭粒搁进水里，然后倚着包袱舒舒坦坦地躺下，看着天上的星星，喝着热茶，说着，笑着；要是情况允许，连长再揪着耳朵"动员"一下的话，他那尖尖的嗓子还会来上一段"兴国山歌"。那是多么惬意啊！……

想着，想着，他觉得自己眼睛发涩，眼前朦朦胧胧的，仿佛已经回到那个生活中去了。

突然，远处"汪，汪汪"几声狗叫划破了寂静，使他从这甜蜜的回忆里惊醒过来。他慌忙欠起身，向四面张望了一下。北面，二三里路的地方，黑乎乎的一片，大概是个村庄吧，狗吠声就是从那里传来的。

"糟糕，怎么我早先没看见它呢！"他生气地骂了自己一句。按照他给自己定下的纪律，为了避免发生意外，看见庄子就要绕过去的，可刚才由于伤痛和疲劳，竟糊里糊涂爬到村边来了。

很快，他瞅上了右前方的一丛小树林，就向前爬去。爬着，他看见树林旁边有一片甘蔗田。心想：要是绑上一块银圆，折下几根来，肚子的问题就可以暂时解决了。他下意识地摸了摸缠在腰间的那条米袋，银圆在轻微地"铮铮"发响。

一个钟头以后，他来到甘蔗田边上。在田垄里把身子藏好了，伸手刚要去折甘蔗，忽然听见"唰啦啦"一阵声响，那声音像谁把一锹土撒开来似的，里面还夹杂着一个人的哭声。

"是谁在这时候下地干活呢？"他惊异地想，随即悄悄地拿出枪来，打开了保险，好奇地拨开甘蔗往外窥探。

甘蔗田外面、树林边上，离彭绍明四五十步远处，有几个人影在晃动。模模糊糊地可以看得出，一个人——像是个老头儿，正弯着腰吃力地把一锹锹土铲到一个土坑里去，在他旁边有个七八岁的孩子正在拿个簸箕帮着弄土。一个妇女蹲在那里，一手揽着怀里的小孩，一手捡起土块往里扔；一面扔，一面抽抽搭搭地哭着，不时扬起胳膊擦擦眼睛。看来他们都很紧张，竭力把活干得快些。

"一下子就是三条人命啊。"老头儿停下锹,低低地咳嗽了一阵,撩起衣角擦着汗,气喘吁吁地说,语调里含着抑制不住的怒气,"三伢子,你记着:这都是龚冲那小子丧了良心……"

"伢子,今晚上这事可对谁也不能说呀!"妇女说。

"怕什么,大不了也是个死,反正我们不来别人也会来的。"说着,老人长叹了口气,"唉,他们这一死,全村就像抽掉了脊梁骨,剩下些老的老、小的小,啥办法也没有了,还不是人家案子上的肉……"

"可不,有他们在,觉得心里透亮,什么都踏实。这以后,可就作难了。"妇女轻轻地拍了拍怀里的孩子,把声音又放低了些,"听说龚冲又上镇子上去了,晚上还没回来,又不知道要出什么事了哟!……"

"哼!"老人没再说什么,用力铲起了一锹土,像把一肚子气都发泄到土上了似的。

彭绍明趴在那里,气也不敢出。看来,他们是在掩埋什么人的尸体,但从这些人的行动和言谈里,他觉察不出他是否来到了苏区,也分辨不出这些人是好人还是坏人。他不敢走出去,又舍不得离开,就耐着性子继续看下去。

眼看着坑里的土渐渐高起来,隆成了一个不大的坟堆。老人把土拢了拢,轻轻地用锹把土堆拍了拍,说:"时候不早了,以后再添土吧!"说完走到林边,掘来了两株小树苗,小心地把它们栽在坟堆的前面。

一切弄妥了，他领着那个大孩子，缓慢地绕着坟堆走了一圈，然后扶着孩子跪下来。

　　"孩子们，你们都是晚辈，可你二爷不能不下这一跪啊！你们……"他说不下去了，呜呜咽咽地哭起来。

　　旁边，那妇人早已跪在那里，哭得泣不成声了。只见她把怀解开，抱起那个裹在襁褓里正睡得香甜的娃儿，两手高高地举在面前，断断续续地说："好姊妹们，我们知道你们是为什么死的……你们放……放心吧……你们的孩子，我一定把他们……抚养成人！……"

　　这声音越说越低，低得简直像耳语，但在这深夜的郊野里，它是那么清晰，那么深沉，又那么悲凉。

　　一大片浮云轻轻地在中天里飘过去。风，还在凄厉地吹着，把甘蔗梢子摇得"唰唰"地响。彭绍明被这两个人的善良的话语激动着，他觉得脊背上一阵阵发冷，心里一阵阵发酸。他的眼睛潮湿了。心想：看样子，这不是坏人……

　　像是为了证实他的推测似的，老人又讲话了，声音提高了许多："好孩子，好孩子，你们去吧！我们活着跟你们一样活，死，也会跟你们一样死！"他早已站起了身，弯着腰，把整个身子俯在锹把上，两眼直盯着坟堆，说话的声音很慢很慢，像是对活人说话似的："苏区还是苏区，人心还是红的！你们的仇报得了，报得了！总有一天，咱们的红军会回来的！"

　　说完，他搀起那妇女，挽起孩子，就往回走。

"苏区？红军？"一道亮光从彭绍明的心上闪过，"我已经回到苏区了！"他觉得眼眶子一热，两大滴眼泪忽地一下子涌出来，连忙低声地叫道："老爹！"

两个人都被这意外的声音吓了一跳，他们显然有些慌乱，加快了脚步。

彭绍明连忙又叫一声："老爹！"

他们停住了脚，却没有转身。老人问："你是谁？"

"我，我是红军！"

这话像一声口令，几个人同时转回身。彭绍明钻出了甘蔗田，向他们爬过去。老人提着锹把迎上来，走到彭绍明面前，疑惑地打量一阵，又伸出手来，哆哆嗦嗦地放到他的头上摸着，先在帽子周围摸了一圈，然后把手停在前额那颗布制的五角星上。他的手慢慢地从帽子上滑下来，低低地叫了声："同志……"

"是呀，老爹，我挂彩啦……"彭绍明本想把自己的情况向老人解释一下的，话没说完，老人早已一把抓住了他的手腕子，背转身在他面前蹲下来，说道："这不是说话的地方，走，快回家去！"

村子里黑沉沉的，一点儿动静也没有。

那个大孩子走在头里，打探了一下，见没有人，这一行老小便悄悄地钻进了一家院子。

妇女随手点上了灯，老人把彭绍明背进里屋，小心地放在床铺上。灯影里，彭绍明才看清人们的模样：老人有五十多岁，黑脸膛，一脸花白的络腮胡子，一看就是个老实、耿直、健壮的庄稼人。这会儿因为背着人走路，又走得急，正蹲在门边，大口喘着粗气，不时地咳嗽着。那妇女有四十出头，但看来老相些，鬓角的头发都有些斑白了。她随手把门闩好，端起灯交孩子掌着，自己俯下身仔细地查看着彭绍明的伤口，口里不停地叨念着："唉，看打得这个样子，还是个孩子嘛，小小的年纪就受这个罪！"说着，她那本来就红肿着的眼睛，又挂上了两汪眼泪。她擦把鼻涕，连忙转到外屋的灶前烧水去了。

这工夫，老人蹲在门边一声也不响，只是一锅连一锅地吸烟。半天，忽然问："你是从西边回来的？"

"是！"彭绍明回答，他瞥了老人一眼，只见老人脸上挂着一股怒气。

"这会儿主力在哪里？"

"说不上，"彭绍明说，"我连走带爬走了七八天，这会儿队伍又走出好远了！"

"人家都往西走，你可好，屁股朝西脸朝东，走回头路……"老人把身子往前探了探，背过脸，把声音提高了些，气冲冲地说。

"老爹，我往回走是不得已啊！"彭绍明望望老人那带着怒意的脸色，委屈地想：他是不相信我了。就把自己的情况简单地谈了谈。

老人吸着烟，听着，没有吭声，直到彭绍明讲完了，才慢吞吞地问:"你打算怎么办?"

"我想,"彭绍明看看老人,不知怎的觉得有些胆怯,"我想爬也爬回苏区,把伤养好,再和白鬼子拼……"

"苏区,苏区……"老人打断了彭绍明的话,长叹了口气,脸上挂上了一副悲伤、痛苦的表情,"刚才的事你没看见?"

"看见了!"

"到处是白鬼子,到处是血!"老人越说声音越高,"实情对你讲吧,咱们的苏区,除了这里,"他竖起大拇指用力地戳着自己的胸口,"哪里也没有了,没有了!"说完,老人像放倒了一条麻袋似的,一头扑倒在床沿上呜呜地哭起来。

彭绍明正想去劝解,老大娘端着一碗热腾腾的稀饭,推开门进来,说道:"看你这是怎么啦?人家同志受伤受罪,不让人好好歇歇,大嚷大叫的,也不怕人听见!"接着,她又说:"天快亮了,这小同志在家里住怕不行,你也得想个办法……"

老人擦擦眼睛,慢吞吞地站起来,伸手接过碗,放在唇边上试了试凉热,放在彭绍明的面前,虽然脸还是沉着,话可温和多了:"吃,快吃吧。我去给你找个安身的地方去!"说完,大步走出了屋。

彭绍明端起饭碗,觉得又是感动又是委屈,刚要吃饭,听见外屋老大娘在说话了:"你这脾气真是……"

"唉,你不知道,见到自己队伍上的人,想想这世道,揪心哪!"

"难过也不能对同志这样……"老大娘渐渐压低了声音,但约略还可以听见,"这几天你不是整天说,没有了他们,没人领着干吗?这同志说不定就……就是他们……"

"我看不像,一个年轻的娃娃……"

老人拉开门出去了,老大娘端着碗盐水走进来。她一面给彭绍明洗着伤口,一面说:"同志,你别见怪,老头子性子急,他刚埋了那些同志,心里闷哪……唉,看看咱根据地这眼下的情形,谁不发急、难过?……"接着,老大娘便谈起了这村里的情况。从老大娘的嘴里,彭绍明才知道,红军长征的部队刚一走,反动军队就拥进了苏区,当地的干部和青壮年都参加了红军游击队,转移到外地深山打游击去了,党的活动也转入了地下。苏区像遭到了一场暴风雪,"唰"的一下子全"白"了。对这个靠近山边的孤零零的村子,敌人更是注意。几天以前,一个名叫龚冲的党员在敌人的利诱下叛变了,整个党组织遭到了破坏,全村仅留下的三个共产党员被枪杀了。"白鬼子的心忒毒哇,人死了还不让收尸呢。还撇下这些娃娃,"她指着屋里的两个小孩,"我们几家分着抱回来养活着……"

听着老大娘的叙述,彭绍明觉得自己的心像被什么人揪着一样,又酸又痛。说不上是因同志的死难而伤痛,还是因自己的希望破灭而失望,或者两种都有。从他下定决心走上回苏区的路的那一刹那开始,他的心就整个回到苏区了。当他走累了,躺在那深夜的旷野上时,他曾经不止一次地怀着激动的心情,望着天上的浮云和流星,想象着回到苏区以后的生活。在他的想象里,苏区还是像他在的时候那样,到处是和平幸福的生活,到处是劳动的歌声。他想象着,当他踏进苏区以后,很快会找到地方休养,然后他找到部队,雄赳赳地喊一声"报告,红军战士彭绍明伤愈归队!",就扛起小马枪重新过起战士的生活。可是现在……他怀着微弱的希望,问道:"这里没有红军活动?"

"听说有,可离这儿远着呢!"

"为什么不组织起来对付这些家伙呢?"

"唉,干来着。别看村里就剩下这些老老小小,可心还是红的,有他们几个领导着,原想跟当年闹红①的时候那样暗地里干的,可是他们这一牺牲,没了领头的,大伙心乱了……要不老头子能那么心烦?……"老大娘说着,又仔细看了彭绍明一眼,说,"同志,我想问你……你是……"她想说什么,可话到嘴边又咽下去了,临时改了嘴:"你在这里好好养着吧。现在他们都不在了,等你伤好了也好帮着老头子他们出出主意。"

"不,不行啊,大娘,我得找队伍去。"彭绍明连忙回答。

---

① 指在红色苏区参与革命。

单人独马地留在这四处是敌人的山村里,他能干什么呢?再说他还有个幻想:也许这只是个边缘区,才这么紧张,要是到中心区说不定能找得到部队。想到这里,他说:"大娘,你们帮了我的大忙,真是救了我,可我得走,到老苏区去。你老人家帮我弄点干粮吧,我明天晚上就走……"

他刚要伸手掏钱,老人回来了。他向着老伴点了点头,伸手抓起床上仅有的那床棉被,对彭绍明说:"走,白天这里不保险,跟我到外面躲躲吧!"

他背起彭绍明,悄悄地走出庄子,来到北山前坡上一座坟丘的前面。拉开一堆茅草,低声地说:"小伙子,委屈一下,进去躲着吧。可千万别动,天明我叫孩子给你送点吃的来。"说完,小心地把小彭扶进丘子里,然后把草盖好,脚步稀稀地走了。

彭绍明摸索着躺下来,身下软绵绵的稻草散发出醉人的香气。不用说,这是老人刚铺好了的。多少天来就盼着这么一堆稻草啊,他觉得浑身懒洋洋的,两眼干涩,可该美美地睡一觉了。但是一合上眼睛,又怎么也睡不着,一个不快的思想顽强地抓住他的心:苏区没有了!在他眼前浮上了几位死难烈士的尸体,那老大娘讲述的整个山村的情景,和老人的那双愤恨、焦急,而又失望的眼睛。他仿佛看见老人还在用拇指戳着胸口叫着:"苏区,除了这里,再也没有了!"

想着,他刚才那种委屈的情绪渐渐消失了,觉得自己和老人慢慢亲近起来,而越想下去,越发感到愧悔和不安。是的,当全村的群众浑身鼓起了劲准备斗争的时候,突然领导的人被害了,就像一堆吐出浓烟正要燃烧的火被一脚踩灭了一样,这对于他们该是多么困难哪!他们需要的不是别的,只要一点儿火星把它点燃……可是他,一个红军战士,少共团员,却要在人民最困难的时候,悄悄地从他们身边走过去。这时,他仿佛又听到一个人在他耳边大声地喊:"记住,不管到哪里,你都是个少共团员!……"想到这里,他不由得狠狠地捶了捶自己的脑袋,叫着自己的名字骂道:"彭绍明啊彭绍明,你,你可耻啊!"

可是,当他冷静下来,想到自己应该怎么做的时候,却不禁又有些茫然了。"怎么办?"要是在部队里,碰到难题,他只消跑到连部去,找到指导员问一声,就会得到完满的解答。而现在,他却是一个人,情况又这么新奇,这么复杂……他苦苦地思索着,后来一阵瞌睡袭来,他迷迷糊糊地睡着了。

太阳出来老高了,彭绍明才醒来。他是被一片嘈杂的嚷叫声惊醒的。一睁开眼,他就听见村子里咒骂声、女人的哭叫声,擂鼓似的砸门声和鸡叫狗咬,乱成了一团。他伸手摸着怀里的枪,把草扒了扒,从洞口向外张望。村子就在脚下,什么都看得清清楚楚。只见两三个白军士兵正押着几个扛着口袋、挑着箩筐的老乡向村头那座青砖大瓦房里走,几个妇女跟在后面哭喊着。有两个白军正在用枪托子砸一家的大门。一个白军架着一口缸走出一家门口，随后老大娘跟出来，抓住缸沿拼命地抢夺着，"啪嚓"一声，缸破了，半缸白米撒在地上。白军抡起枪托重重地打在老大娘身上。老大娘扑倒在地，哭着，大把大把地抓着米粒……

彭绍明的心被仇恨烧得直发抖。他举起驳壳枪，从洞里瞄准了那个白军……但是，他还是抽回了手，掩着面孔，愤怒地歪倒在土壁上。"是的，在这样的时候，我不能这样轻易地死！我，我更不能离开他们！"他的思路又回到头天夜里所想到的问题上去了。不知是因为睡了一觉，还是为眼前情况而激动，他觉得自己思路清晰了些，很快就集中到眼前的问题上了：粮食，这是群众的命根子，首先得想法把粮食夺下，不能让白鬼子弄走！可是该怎么下手？他却拿不出主意。他默默地想，要是指导员碰到这情况，他会怎么做呢？他下意识地把手放进怀里，掏出了自己的团证和指导员的党证，映着从洞口射进来的阳光，仔细地瞅着。证件的封面上，火红的镰刀、斧头像一撮小小的火苗，在他的手心里闪闪跳动。看着党证，彭绍明不由得想起：一年多以前，有一次他和另一个战士，跟着指导员到一个"白点"附近的村子去筹粮，进村一看，原来土豪早已得到消息，带着几个团丁跑到炮楼上据守起来。团丁们有五六支快枪，而他们只有三个人。怎么办呢？指导员留下他们俩监视敌人，自己走开了。两三个钟头以后，指导员回来,向炮楼喊了一阵话,接着就大声下命令:"机枪班长准备好!同志们,冲啊!"话刚落音,机枪就"咯咯"地响起来,炮楼四周腾起一片喊声。土豪吓慌了,连忙缴了枪。当彭绍明冲进炮楼的时候,才发现这呐喊助威的原来是本村的老乡,而机枪不过是放在洋铁桶里点着的一串鞭炮。当时,他曾经问指导员:"这是怎么回事?"指导员说:"依靠大伙呀!你记住,有什么难事,只要找群众一商量,领着头一干,什么困难也就解决了。"

"对,就是这样!"这件事情,让彭绍明心里一亮,想起了一个主意:老大娘不是说远处有我们的游击队吗?看来,来的敌人不多,不过一个班,要是在他们押运粮食的路上,冒充游击队那么一打,粮食就会夺下来的。然后各家把粮一藏,把事情往游击队身上一推……但是,究竟敌人来了多少?什么时候起运?从村子到镇上有多远?路上有没有合适的地形?……这些,都是需要解决的。他多么希望找个人商量一下啊。

外面的混乱和嚷叫不知什么时候停止了。丘子里静得很,彭绍明继续思索着自己的计划,却不由得想:这是多么沉重的担子呀!他为自己能考虑这么严重的问题而暗暗感到惊奇。就在这一霎间,他觉得自己的年龄也似乎大了许多。

正想着,忽然洞口的茅草窸窸窣窣地响了一阵,老人钻进来了。他一面堵洞口一面压低声音自言自语:"完了,完了，这下子全完了！"堵住洞口，他摸到彭绍明身边，歪下身，把个瓦罐放在墙角里，从怀里掏出一个小布包，递到彭绍明的手里，说道，"听说你一定要走，这是老婆子给你准备的干粮。唉，这还是放在小孩的怀里藏起来的，差点叫那些人给翻了去。"接着，老人又解开扎腰带，把棉袄脱下来，披到彭绍明的身上，说："小伙子，本想留你好好地养养伤的，如今你一定要走，我卢老二也不好强留你。唉！能活着出去一个，就多个报仇的人啊！"说着，他两颊的胡须抖动了一阵，两大滴眼泪挂在胡梢上。

捏着手里的那包打糕，看着这情景，彭绍明心里又甜蜜又酸楚。他把棉袄脱下来，还给老人，激动地说："不，老爹，我不走了！"

"为什么不走？"老人惊奇地问。

"我……我想留在这里，和您一块儿跟白鬼子干！"彭绍明本想把理由说充分些，不知怎的却说不出。

"怎么？"这回答很使老人感到意外。他惊异地望着彭绍明，突然看见彭绍明手里的东西，连忙伸手抓过来。他凑近阳光，目不转睛地看着那红红的镰刀斧头，用那颤抖的手小心地摸弄着。好像从这上面获得了答案，他那惊奇的神情不见了，换上了一副欣喜、激动和信任的表情。他紧紧地抓住了彭绍明的手："小伙子，不，同志，你……是党员？"

"我是少共，是团员。"

"好，好好！"老人连连点着头，又问了一句，"你真的不走了？"

"真的！"彭绍明肯定地点点头。他望着老人那欣喜的目光，不由得深深地感动了：我们苏区的人民是多么信任自己的党啊，就是像他这样一个年轻幼稚的娃娃，听说是少共团员，他们也信任他，相信他能帮大家出主意，相信他能领着他们共同从事这生死的斗争。是的，只要干起来，党和游击队就会来联系、来领导的！于是，他说："这粮食不能让白鬼子弄走啊！"

"是啊，全村都为这事发愁呢。可天下是人家的，有什么办法？"老人愁苦地叹了口气。

"老爹，你看这样行不行？……"彭绍明小心地说出自己考虑的计划。在说话的时候，他竭力想象和模仿着指导员在这种情况下的说话语气和神情，可总觉得还是没有信心。他边说边望着老人的脸，心想：等我说完，老人该说我孩子气了。

卢老伯静静地听着，越听身子越往前凑，等彭绍明说完了，他连连点着头说："好，能行！"接着又把彭绍明提出的问题谈了谈。一切都很理想：敌人只来了八个人；从这里到镇上有四十来里路，就在当中有一段山坳，路两边都是陡立的山坡和密密的茶林；村里，除了被迫给敌人担挑子的以外，凑个三四十个"有嘴的"男人也没问题。

"就是……"末了，老人说，"时间来不及了，白鬼子说好是吃过午饭走的,大白天事情就难办了。"

"能不能稳住他们?"老人一说办法能行,彭绍明的胆子壮了些,他急切地盼望这办法能马上变成行动。

"人倒有,村公所的老程是自己人,可就是缺这个。"老人把拇指和食指扣在一起做了个圆圈,"就办不了事!"

"那好办!"彭绍明伸手掏出那条盛满银圆的米袋子,递到老人手里。

老人掂弄着钱,半天才把手按到彭绍明身上,激动地说:"那你……"不想正按到伤口上,痛得彭绍明"哎哟"一声。

"别说这个,这是党的钱,办革命的事嘛。"彭绍明忍住疼,截住了老人的话,他觉得自己仿佛真的成了这个大行动的组织者了,"老爹,你快设法弄点酒肉稳住他们,再找几个可靠的人合计合计,看还有什么问题没有?等弄妥了,我就先走——我爬着走得慢。"

"那好说,别看我这把老骨头,驮你走个十几二十里路总还行!"老人兴奋起来,"事不宜迟,我这就去办!"说着就往外爬。

彭绍明又嘱咐了一句:"小心点啊,老爹,这事可不能走漏了消息。"

"放心吧,咱这里除了叛徒龚冲那小子以外,谁的心都是红透了的!"

"那个叛徒怎么办?"彭绍明又多了块心病。

"咳，看你这傻孩子！你的枪能打白鬼子，就不能打叛徒？"

老人走了以后，彭绍明把枪检查了一下，把伤口包了包，就倚在土壁上望着太阳等待着。他为自己能下决心挑起这副担子而感到突然，但又觉得是那么自然，好比到各排送一次命令那么自然。像无数要从事一件巨大事情的青年人一样，他有所期待又有点心慌。他觉得自己的心"咕咚咕咚"跳得那么快，那么响，自己都能听得见。

一切都按原定的计划在进行。太阳快落山的时候，卢老伯和另一个老人轮换着把彭绍明背到了山坳里来。凭着两年部队生活得来的军事经验，彭绍明由老人驮着，围山转了转，看了下地形，就找个靠近小路的树丛隐蔽下来。几十个老乡也在小路两旁埋伏好了。他们手里拿着用被子、衣服临时做成的红旗，还有铁锹、棍棒，那是准备万一敌人抵抗时和他们拼命的。

天快黑下来了，一行挑担走进了山坳。喝得醉醺醺的白鬼子们在蹒跚地走着。彭绍明慢慢地举起了枪。由于兴奋和仇恨，他觉得自己的心跳得更急了。他扭头看看，卢老伯正轻轻地把一只手爱抚地放到他的肩上。从这只沉稳有力的手上，彭绍明感觉得出老人的那种信任和期待的心情。这种感觉使他平添了许多力量。

"可别打不中啊！"彭绍明瞄准了走在头里的那个白军。那家伙正叼支香烟，由两个兵搀扶着，趔趔趄趄地走近他的眼前。

"叫你进苏区!"彭绍明恨恨地扣了扳机。"砰!"敌人堆里一块火红的烟头在昏暗中急骤地画了一个弧形的半圆——那个白军倒下了。

"老乡们快趴下!同志们,冲啊!"彭绍明可着嗓子大叫着,把子弹一发发地向敌人射去。随着这喊声,整个山坡咆哮起来了,茶林"唰唰"地响着,一面面红旗竖起来。到处有人在高喊:"冲啊!同志们冲啊!"

白军们早已慌了手脚,剩下的四五个人慌忙摘下枪,零乱地放着,直往镇子的方向跑。彭绍明转身伏到卢老伯背上,沿着山坡一面追一面射击。有几个农民早已冲下山沟,捡起敌人尸体边上的枪支,也跟着追击了。

这工夫,挑粮的人早已挑起担子返回了村子。助威的人们也已集结起来,向深山走去——这是大家对彭绍明的计划的重要补充。为了更好地迷惑敌人,必须冒充游击队在山上留下足迹。

战斗结束得出人意料地快。现在只剩下一件事要做了。卢老伯背着彭绍明快步走回了村庄。

十点钟左右,他们回到了村子。老大娘和那个大孩子早已等在村头了。像昨天夜里一样,他们几个悄悄地又进了村。不过,这次不是回家,而是直奔叛徒龚冲的房子。

"开门,我们家里来了个受伤的红军!"大娘一面敲门一面喊叫。

当叛徒揉着睡眼打开大门时,彭绍明的驳壳枪早已顶上了他的胸口:"跟我走!"

这是一个奇怪的行列:叛徒举着手走在前面,彭绍明趴在卢老伯的背上,举着枪,另一位老人和大娘在两边搀扶着。他们径直来到村前。

这里是全村地下党员死难的地方,这也是一昼夜以前彭绍明和老人一家相遇的地方。就在这里,彭绍明喝令叛徒跪下来。枪声响处,叛徒横倒在烈士的坟前。

彭绍明从老人身上爬下来,慢条斯理地收拾着枪支,问卢老伯:"老爹,还有什么事?"

"事,自然还有,不过有了你这几声枪响,咱们的党会听到的!往后咱们就好办了!"他嫌恶地向叛徒的尸体唾了一口,慢慢地踱到彭绍明身边,蹲下身来,久久地看着彭绍明的脸。这动作使彭绍明想到昨天夜里老人走到他床边时的情景。老人干咳了几声,压低了声音说:"唉,彭同志,我昨天晚上说话太冲,你……你可别见怪呀!"

"不,老爹!"彭绍明望着老人的脸,他从心里感到:正是老人这对党、对红色政权的不贰的忠心和深深的感情,才使得他这个年轻的娃娃在一夜之间长大成人的。而因为说到昨夜的事,他觉得自己的脸在发烧:"我不该走……我是个少共,我应该在人民需要的时候……"他的话哽住了。

老人猛地扑到彭绍明的身上,紧紧地抱住他那柔软的、还未发育成熟的肩膀,颤声地叫着:"彭同志,你是个好同志、好孩子!……"一行热热的泪水滚过那蓬松胡子,落到彭绍明那孩子般的脸上。

一九五七年十一月七日

七根火柴

　　天亮的时候，雨停了。

　　草地的气候就是怪，明明是月朗星稀的好天气，忽然一阵冷风吹来，浓云像从平地上冒出来的，霎时把天遮得严严的，接着，就有一场暴雨，夹杂着栗子般大的冰雹，不分点地倾泻下来。

　　卢进勇从树丛里探出头，四下里望了望。整个草地都沉浸在一片迷蒙的雨雾里，看不见人影，听不到人声；被暴雨冲洗过的荒草，像用梳子梳理过似的，光滑地躺倒在烂泥里，连路也看不清了。天，还是阴沉沉的，偶尔有几粒冰雹撒落下来，打在那混浊的绿色水面上，溅起一撮撮浪花。他苦恼地叹了口气。因为小腿伤口发炎，他掉队了。两天来，他日夜赶走，原想在今天赶上大队的，却又碰上了这倒霉的暴雨，耽误了半个晚上。

　　他咒骂着这鬼天气，从树丛里钻出来，长长地伸了个懒腰，一阵凉风吹得他冷不丁地连打了几个寒战。他这才发现衣服已经完全湿透了。

"要是有堆火烤烤该多好啊！"他使劲绞着衣服，望着那顺着裤脚流下的水滴想道。他也知道这是妄想——不但是现在，就在他掉队的前一天，他们连里已经因为没有引火的东西而只好吃生干粮了。可是他仍然下意识地把手插进裤兜里。突然，他的手触到了一点儿黏黏的东西。他心里一喜，连忙蹲下身，把口袋翻过来。果然，在口袋底部粘着一小撮青稞面粉；面粉被雨水一泡，成了稀糊了。他小心地把这些稀糊刮下来，居然有鸡蛋那么大的一团。他吝惜地捏着这块面团，一会儿捏成长形，一会儿又捏成圆的，心里不由得暗自庆幸："幸亏昨天早晨我没有发现它！"

已经是一昼夜没有吃东西了，这会儿看见了可吃的东西，更觉得饿得难以忍受。为了不致一口吞下去，他又把面团捏成了长条，正要把它送到嘴边，蓦地听见了一声低低的叫声："同志——"

这声音那么微弱，低沉，就像从地底下发出来的。他略略愣了一下，便一瘸一拐地向着那声音走去。卢进勇蹒跚地跨过两道水沟，来到一棵小树底下，才看清楚那个打招呼的人。他倚着树根半躺在那里，身子底下贮满了一汪混浊的污水，看来他已经有很长时间没有挪动了。他的脸色更是怕人：被雨打湿了的头发像一块黑毡糊贴在前额上，水，沿着头发、脸颊滴滴答答地流着。眼眶深深地塌陷下去，眼睛无力地闭着，只有腭下的喉结在一上一下地抖动，干裂的嘴唇翕动地发出低低的声音："同志！同志！"

听见卢进勇的脚步声，那个同志吃力地张开眼睛，习惯地挣扎了一下，似乎想坐起来，但没有动得了。

卢进勇看着这情景，眼睛像揉进了什么，一阵酸涩。在掉队的两天里，他这已经是第三次看见战友倒下来了。"这一定是饿坏了！"他想，连忙抢上一步，搂住那个同志的肩膀，把那点青稞面递到那同志的嘴边说："同志，快吃点吧！"

那同志抬起一双失神的眼睛，呆滞地望了卢进勇一眼，吃力地抬起手推开他的胳膊，嘴唇翕动了好几下，齿缝里挤出了几个字："不，没……没用了。"

卢进勇手停在半空，一时不知怎么好。他望着那张被寒风冷雨冻得乌青的脸，和那脸上挂着的雨滴，痛苦地想："要是有一堆火、有一杯热水，也许他能活下去！"他抬起头，望望那雾蒙蒙的远处，随即拉住那同志的手腕说："走，我扶你走吧！"

那同志闭着眼睛摇了摇头，没有回答，看来是在积攒着浑身的力量。好大一会儿，他忽然睁开了眼，右手指着自己的左腋窝，急急地说："这……这里！"

卢进勇惶惑地把手插进那湿漉漉的衣服。这一刹那，他觉得那同志的胸口和衣服一样冰冷了。在那人腋窝里，他摸出了一个硬硬的纸包,递到那个同志的手里。

那同志一只手哆哆嗦嗦地打开了纸包,那是一个党证;揭开党证,里面并排着一小堆火柴。焦干的火柴。红红的火柴头簇集在一起,正压在那朱红的印章的中心,像一簇火焰在跳。

"同志,你看着……"那同志向卢进勇招招手,等他凑近了,便伸开一个僵直的手指,小心翼翼地一根根拨弄着火柴,口里小声数着:"一,二,三,四……"

一共有七根火柴,他却数了很长时间。数完了,又询问地向卢进勇望了一眼,意思好像说:"看明白了?"

"是,看明白了!"卢进勇高兴地点点头,心想:"这下子可好办了!"他仿佛看见了一个通红的火堆,他正抱着这个同志偎依在火旁……

就在这一瞬间,他发现那个同志的脸色好像舒展开来,眼睛里那死灰般的颜色忽然不见了,爆发着一种喜悦的光。只见他合起党证,双手捧起了它,像擎着一只贮满水的碗一样,小心地放到卢进勇的手里,紧紧地把它连手握在一起,两眼直直地盯着他的脸。

"记住,这,这是,大家的!"他蓦地抽回手去,深深地吸了一口气,用尽所有的力气举起手来,直指着正北方向,"好,好同志……你……你把它带给……"

话就在这里停住了。卢进勇觉得自己的臂弯猛然沉了下去!他的眼睛模糊了。远处的树、近处的草,那湿漉漉的衣服、那双紧闭的眼睛……一切都像整个草地一样，雾蒙蒙的。只有那只手是清晰的，它高高地擎着，像一只路标，笔直地指向长征部队前进的方向……

这以后的路，卢进勇走得特别快。天黑的时候，他追上了后卫部队。

在无边的暗夜里，一簇簇的篝火烧起来了。在风雨、在烂泥里跌滚了几天的战士们，围着这熊熊的野火谈笑着，湿透的衣服上冒着一层雾气，洋瓷碗里的野菜"咝咝"地响着……

卢进勇悄悄走到后卫连指导员的身边。映着那闪闪跳动的火光，他用颤抖的手指打开了那个党证，把其余的六根火柴一根根递到指导员的手里，同时，又以一种异样的声调在数着："一，二，三，四……"

一九五八年一月二十日

休息

"嘿，这脑筋……"范副司令员生气地扬起拳头捶了捶额角，霍地站起身，从门边抄起根手杖拄着，蹒跚地走出了门。

妻子慌忙抓起件单衣追上去，一面扶他走下台阶，一面责备他说："刚有些见好，又到处跑！"

"病人顶需要的不是闲着，"将军紧皱起眉头，"没有痛苦就好，是不是？"

"唉，你这人……"她轻轻地叹了口气，没奈何地把衣服给他披上，然后目送他向海边走去。

傍晚的海滨是优美而又宁静的。阳光，从几团浓黑的云团的缝隙里冲出来，把海空的几片浮云照亮，又把海滩映得一片火红。海，咆哮了一天，这会儿像累了似的，躺在那里轻声地喘息着；随着它的呼吸，海波轻盈地涌到岸边，然后又卷带着浮楂、细沙，悄悄地离开。

将军沿着这条弧形的海滩慢慢走着。潮湿的海沙上，留下了一串深深的脚印。他的思路又回到了刚才思索的那个问题上：

"……那是侯厝还是鹤子墟？……记得那次打的是广东军，到底是什么番号却记不起了……"他想得是那么入神，以致裤腿被海水溅湿了一大片也没有发觉。

这件事，按照妻子的说法，真是有点"自讨苦吃"。本来是来休养的嘛。一个星期以前，将军带病来到了这里。开头几天，因为病情较重，他只好静静地躺着；但是昨天发现血压降低了些以后，他再也躺不住了。他很想能找点工作做做，可是这里啥事也没有，家里为了能使他安心休养，按照医生的指示，"冻结"了一切与他有关的文件，甚至连封关于工作情况的信也难得收到。"干点什么好呢？"想了好久，才想到了写稿子的事。原来，在一年多以前，政治部就约请他为总政发起的"解放军三十年"征文，写一篇关于红军时期斗争生活的回忆录。这是政治任务，当时他爽快地答应了。只是因为工作实在太忙了，一直没有动笔。"现在，趁这机会把它搞一搞，回去就不用再为这事耽误工夫了。"

按说，可写的材料是很多的，他那近三十年的战斗生活，简直是一本大书。但是要从这里面选出一个中意的片段来，像从一棵果实累累的树上挑一个好果子一样，困难极了。昨天，他躺在床上翻来覆去地想了一天，好容易选定了反"围剿"中的一次战斗，可是今天刚提笔要写，却又碰到了难题：事情过去得太久，具体时间、地点都不记得了。多亏妻子提醒，他才想到了任局长。这位红军时期就在一起的老战友，因为患着下肢麻痹，已经在这里休养了好几个月了。于是将军决定去找找他，一道回忆一下当时的情况。

从海滩到那座草绿色的房子，虽然只不过二里多路，将军却走了很长时间。当他走到大门跟前的时候，他才发现心脏怦怦地跳得又很急了。他倚在门框上，按住胸口休息了一会儿，便推开门走进去。

这是所安静宽敞的院子。窗前，两棵大马尾松底下，放着一张小桌子，桌上散乱地摊着几份文件。一根长长的电话线从窗棂里扯出来，耷拉在桌面上。桌旁安了张行军床。这情景不知怎的使将军想到了战地的指挥所。任局长正斜倚着枕头半躺在床上，抓着听筒在讲话。"我的好主任啊，"他柔声和气地说，"把情况告诉我嘛！简要地……你说那几个省的协作会议啥时候开？"

大概对方回答得使他不满意，他又生气地叫起来了："好，不给讲就算！我那个关于三厂的意见你可得快报告给部长。明天，不，等一会儿我还要给部长去电话。"说完，他悻悻地把听筒向桌上一扔。

"还是那个劲啊，老任，"将军笑着在桌边坐下来，"养病也不能退你三分火。"

"就得吵哇，"任局长看见范副司令员，不好意思地笑了笑，"人一生病，就来上个大'封锁'，能把人憋死！"

"你吵就能吵得到了？"

"嘀！根据这几个月的经验，这是唯一正确的方法。"任局长得意地抓起桌上的文件,抖得沙沙作响,"你吵一次，多少总得给点。"

"我没有你那份本事，就得想法找……"将军把自己要写革命回忆录的打算向任局长谈了谈。

"仗是打得不坏，"任局长听完以后说，"可惜简单了点。混进围子去，手榴弹一打，完了。"

"那……你看写哪一段好？"

"人家不是要你写印象深的事吗？"局长沉思了一会儿，"依我说，写我们那次休息倒挺有意思。"

"休息？"这个提议很使将军感到意外。他不以为然地摇摇头，"写篇稿子总要有点意义。"

"谁说没有意义？"任局长打断了将军的话，"自从闹了这个病，被迫休养以来，我时常想到那回事。"

"你说的是哪一次？"

"就是你踢了我两脚的那一次嘛。"

"踢你？"将军更觉得茫然了。在他带兵二十多年的经历中，他从来不记得打骂过任何一个人。

"嘿，看你，打了人还不认账。一九三五年，在锁蛟岭，记得不？"说着，任局长伸手摩挲着大腿，故意苦着脸说，

"那两脚真够呛。喏,就是这里!"他的苦脸做得很逼真,好像那地方至今还痛似的。

一九三五年,锁蛟岭……这熟悉的年代,熟悉的地名,把将军引进了一个深深的回忆里。他呆坐在那里,透过那稀疏的树梢,向远处望着。那里便是有名的西山风景区。晚霞正映衬着一片突起的峰峦、茂密的树林……

突起的峰峦、茂密的树林……一支不大的部队正沿着这丛林中的小路急匆匆地走着。这是个奇怪的行军行列:从队首到队尾扯着一条绳子,战士们一个个紧抓住绳子,脚步踉跄地往前赶。整个队伍仿佛是靠着这条绳索拖曳着前进,又像是这绳索把人们拧成了一条钢铁的锁链。

这便是他所指挥的那支红军游击队。

这天,秘密交通送来了上级的命令:要他们立即动身赶到武功山区,和大队会合,共同进行一次大的战斗。命令像钢钉砸在铁板上似的:必须在五天内到达!但是,他们一离开根据地,就被敌人盯上了。敌人调动了沿途的军队和民团,前堵后追,紧紧地咬住不放。为了保存力量,如期到达指定地点,和敌人纠缠是不行的,他们只得钻进山林,兼程前进。

除了战斗就是赶路,日夜不停地赶路。谁负伤了,背起;谁脚上打泡了,扶起。衣服被划破了,一条条一片片地挂在身上,有的已经围上芭蕉叶子遮体了。煮饭的时间是没有的,战士们一边走着一边从粮袋里抓出把生米,再随手捋把嫩树叶子,一道塞进嘴里。但是,最难耐的还是困倦。一连三四个日夜没有合眼,谁的眼皮上都像坠了一块铅。一个个像喝醉了酒,东摇西摆地走;稍微一停步,队伍里就响起了鼾声。

人们多么需要睡一觉啊!

一个战士抓住了他的衣襟,那红肿的、布满血丝的眼睛直直地盯着他:"支队长,休息一下吧!"

他接过了那人的步枪,轻轻地抚摸着那个同志,又厉声地说:"不行!"

一个战士"扑通"摔倒了,却没有爬起来,口里含混不清地说着:"支队长,别管我了,让我……"话没说完就睡着了。

他搀起了那沉重的身体,挽住那同志的肩膀,让那同志的脑袋靠着他的肩窝,一面推拥着那同志走,一面动感情地说道:"这么睡一会儿吧,同志!让你休息的权力不在你,也不在我啊!"

第四天,他弄来了一些树皮搓成了一条长绳,人们抓着绳子走着闭一会儿眼睛。这也好不了许多:这一个,好像故意似的,身子一趔趄,一头撞到树干上,然后蓦地惊醒过来,揉着肿起的脑袋追上了队伍;那一个脸被树枝划破了;又一个脚被山石碰伤了……管他呢,总可以多少睡一会儿了。

可就因为这,发生了一件令人痛心的事:在走上一道崖边时，一个战士因为睡得太沉，手一松，一失脚，掉下山沟去了。为了能取得时间去抢救这个同志，他不得不组织了一次阻击战，又伤了两个同志，才堵住敌人，派人下到山沟里，把这个战士找到，但他已经牺牲了……

"在那些日子里，我们不但有战斗的英雄，也有累死的烈士呢！"想着，将军不由得激动起来。他深深地爱上了这个材料，而且有充分的信心能按照征文的要求把它具体地写下来。但是，当时为什么决定休息的？什么时候打过人？却怎么也想不起来了。

"那到底是怎么回事啊？"想着，他不由得说出了声。

"什么？"任局长把眼睛从一份电报上离开，一时有些摸不着头脑。

"打你的事啊！"将军说，"我干吗打你呢？"

"嘿，不就是为了睡那二指嘛！"

噢，对了，这都是睡那二指的过。

就是那天下午，他们抬着战友的尸体，在树林里一阵疾走，暂时甩开了敌人，来到了锁蛟岭前那道山沟里。他们挖开碎石，把战友埋葬了。

当一切安排好，他照例第一个走上小路，向大家喊了一声："快走哇！"走出几步以后，却发现差不多半数的人没有跟上来。刚才子弹在头上"咝咝"地飞着，他们还可以拼死战斗，还可以走上这十几里路；这会儿一停下来，疲困却更强烈地袭击了整个队伍，人们有的已经睡熟了。

这里面就有副支队长任丕祥。任丕祥吃力地扶住一棵小杉树，焦躁地喊道："老范，给我半个班吧！我去给大家争取点时间睡一睡！"

"不！"他和任丕祥一样焦躁。为了睡觉而打仗，这不成；而且前面还有七八十里路。

"要不，就让大家稍微打个盹，只睡……睡二指就行……"任丕祥的话越说越低，眼睛合上了，扶着树干的手松开了，腿像被抽掉了骨头，身子沿着树干慢慢地滑下来，蓦地，"咕咚"一声栽倒在地上，口里还在喃喃地说着，"稍微……二指……"在他摔倒的时候，脸被石尖扎破了，殷红的血一滴滴地落到草梢上，但他丝毫没有发觉。任丕祥睡得那么香，长长地打着鼾，脸上泛起满足的笑容。

他弯下身，把任丕祥的身体放平了些，把脸上的血水擦了擦。他的心一阵紧缩：任丕祥是整个支队中数得着的硬汉子……就在这一刹那，他大声地喊道："休息！"

现在，事情已经过去了整整二十三年，将军却仍然能够回忆起当时说出这两个字时的复杂的心情。谁知道敌人什么时候到来？这每一分钟的睡眠是要用同志们的血来换哪！他应该为这一百多人，为明天的战斗负责，可是……

想着，他不由得瞥了任局长一眼。这会儿，他正歪在床上，聚精会神地看着文件，不时地在文件上批写着什么。望着任局长那斜躺着的姿势，那专注的神情，他觉得这个倔强暴躁的副队长仿佛从那时候就是这么躺着的。后来发生的一切都清醒地记起来了：

看看大家都睡好了以后，他从一个战士的枪上抽出了一根枪探条，来到了一个高高的山包上，把探条笔直地插进土里。一条细细的影子斜斜地映在地面上。他伸出两个指头按住地面，在阴影转移的方向二指远处画上了一条细线。凭经验，这是半个多钟头。

"等影子走到这里，我一定得叫醒他们！"他暗暗下了决心。然后又警惕地向远处眺望了一下，山路上空荡荡的，看来敌人还远。

只到这时，他才觉得眼皮是那么沉重。

"就是困死也不能睡着了呀！"他找来了一节竹筒，接了一筒泉水，含上口水，朝天一喷，冷水像小雨似的洒下来，人清醒些了。可是喷了几次以后，这办法失去了效验。于是他又找来了两棵草棍儿，把眼皮撑起来，这样眼皮是不会垂下来了，可是过了不久，眼前又变得云遮雾罩了。

就在这时，眼前一簇黑点晃动起来，他蓦地一惊，揉了揉眼睛，这才看清在他目力所及的远处出现了一群人的影子。回头望了望那根枪探条，影子距离他画的线还有一指多。

"来得这样快！"他一面端起竹筒，撩起水湿着眼睛，一面向睡觉的同志们跑去。

似乎在他一生中没有比叫醒这些同志们更困难的事了。怎么叫也叫不应。他刚把这个拖起，要拖那个的时候，这个又仆倒了。费了好大的劲才叫醒了三个人。"怎么办?"他举起了驳壳枪。他知道最好的办法是开枪,枪一响他们就会爬起来的。但是敌人正在向这里走着呢。他焦急地来到任丕祥身边,使劲晃着他的肩膀。任丕祥哼了声,翻了个身,咂咂嘴巴又睡着了。没有时间磨蹭了,他抬起脚向着任丕祥的腿上踹了两下,接着又把手里的一筒水猛地泼到任丕祥的脸上。

冷不丁打一个寒战,任丕祥醒来了。

"老任,赶快想办法把同志们弄醒,向苏家墟转移!"他气冲冲地说完,带着那三个战士,迎着敌人跑去。

当他向敌人打出了第一枪以后,好大一会儿,他才看见队伍蹿上背后那一道山岭……

一阵急骤的电话铃声把他从这段紧张的回忆里拉回来。他四下里看了看,只见一个电话听筒正从窗棂里伸过来。任局长伸手抓住了听筒:

"喂,噢,王部长,我是任丕祥……"

将军望着任局长那兴奋的神情。这一瞬间,想把这件事情写下来的愿望令他激动。他向任局长做了个要走的表示,便离开了这个庭院。

在走出大门的时候,他还听见任局长在大声地吵着:"啥都不缺,就是缺点事干,给点工作!工作……"

回到宿舍,将军扭亮了台灯,拿出了纸,在上面端端正正地写上了两个字:休息。随即头也不抬地写下去。

夜深了，正是涨潮的时候，哗哗的海涛声混合着海风起劲地吹进来，翻弄着桌上的纸片。那上面写满了字迹。

妻子悄悄地走近将军的身边，把杯子里的冷水倒掉，又换上了杯热水。这已经是换第四次了，可是桌上的药水还没有动过。她又轻轻地叹了口气。

"就吃，就吃……"将军抱歉地笑了笑，却还没有动。他正急速地写着这篇稿子的结尾：

"我们常说：永不休息。这话并不确切。人是需要休息的。这事对于战士说来，却有他们自己的方式！"

一九五八年十月

小来红
——一位将军的回忆

像我们这样的老战士,在革命队伍里待得久,什么凶险的事也遭到过。大家脱险的情况也很不一样,有的是身受重伤,靠了医生的细心救治,才没有死去;有的在长征路上断了粮,亏了战友的一把炒面,才活了下来……而我,这条命却是一个十一岁的娃娃救的。

这事说来话长,听我慢慢告诉你。

那是一九三二年,国民党正向我们中央革命根据地进行第四次围攻。当时我在红军里当侦察排长。为了消灭这些侵入根据地的国民党匪军,上级要我带上几个战士到敌人驻地去抓个俘虏来问问情况。

任务完成得挺顺利,当天傍晚,我们瞅准机会抓到了敌人的一个参谋。可惜在抓他的时候,这家伙想跳墙跑,把腿摔伤了,于是我们只好背着他走。走了没有多久,敌人发觉了,就派出了一个排拼命追赶。我们背着人走得慢,再加上天又下雨,眼看敌人越追越近了,为了保证同志们完成任务,我说:"我来掩护,你们快走!"说完,便就近找了个山头伏下,卡住路口射击起来。

这里的地形很不错,崖坡很陡,上山只有一条小路。敌人弯腰缩背,费了好大劲才爬到半山腰,我一抬枪把为头的打倒,后面的便跌跌爬爬地滚了下去。我利用山石做掩护,东打一枪,西打一枪,敌人也摸不清有多少人。这样一连打退了敌人三次进攻。这时,太阳已经落到山背后去了。估计同志们已经走远,便决定撤退。可是就在我转身要往山下走的时候,一颗子弹打中了我的右脚腕子,冒出来的血,顿时染红了一条裤腿。凭经验,我知道伤得不轻。这时,敌人也冲到了山腰。我随手从腰里抽出一颗手榴弹,向敌人群里猛甩过去,"轰"的一声,敌人又倒下了一片。趁这机会,我把枪往怀里一插,咬着牙就地一滚,滚下了山坡。

我原想滚到山下能找个地方隐蔽起来的,可是四下里一看,糟糕,眼前是一马平川,距离对面的大山,足有四五里路,面前只有几堆茅草和稀稀落落的几簇茶树丛,根本藏不住人。左前方倒有一片树林,但到那里也还有一里多路,而且路上一片泥泞,恐怕不等我爬到那里,就会被敌人顺着脚印追上的。看来是逃不脱这一关了,我把身上的文件塞进嘴里吃掉,又把最后的一条子弹压进枪里,下定决心：和敌人拼了！

我正在想着，忽然身后传来一声尖细的声音："叔叔，快快跟我跑！"接着一只手挽住了我的胳膊。我扭头一看，原来是个男孩子，看模样不过十多岁，大概他在泥水里滚的时候不少，简直成了个泥娃娃了，脸上、手上、腿上到处是泥巴，雨水正顺着他那贴在额角上的头发和身上的棕蓑衣"唰唰"地淌下。他攥住我的胳膊，紧咬着下嘴唇，想扶我站起来。我是个大人，又因为伤势重，腿脚使不上劲，他怎么扶得起？他拼命用劲，把那条细细的小脖子挣得通红，我还是起不来。

看着这么个孩子冒着危险来帮助我，我心里又是感动，又是不安。敌人说不定啥时候来，他在这里太危险了。于是我推推他的手，说："这里太危险，你别管我啦，快找个地方藏起来！"

"不管你？那怎么行？"他不但没有松手，反而把我的胳膊抓得更紧了，一面继续用力拉，一面补充了一句，"我们童子团就是要帮红军叔叔嘛！"

我说："不是说你不该帮我，你看，我挂彩了，你扶又扶不起，背又背不动，敌人追上来，你还不是白搭一条命？"

他大概也琢磨着是这么回事，连忙扭头向山顶上看看，又望望我的伤口，黑眼珠骨碌骨碌转了几转，眼皮急速地眨巴了一阵，突然松开手，屈起两个手指头塞进嘴里，鼓起小腮帮子用力一吹:"吱——吱吱!"那声音清亮婉转,真像小山雀儿叫。随着这声音,不远处也传来了几声鸟叫,接着,草棵子里、茶丛后面闪出了三个孩子。这些孩子和扶我的孩子差不多大,一个个像从地里冒出来似的,一蹦一跳地跑过来,跑在头里的一个,老远就叫:"小来红,干啥呀?"小来红说:"快来,帮我一把!"孩子们"轰"地围住了我,这个挽胳膊,那个推脊梁,推推拥拥地把我扶到了大路上。这时山那边还不时传来几声枪响,听声音是从山根底打来的。大概敌人被我炸了一家伙,以为我还埋伏在那里,没敢冲上来。可是我知道这些孩子怎么也没法在敌人冲上山头之前把我扶到对面山上去的。我停住脚,对他们说:"好啦,小鬼们,这就行了,你们快跑开!"

"那你呢?"小来红问我。

"我有枪,可以和他们拼呀!"我拍拍枪说。

"那……"小来红斜着小脑袋想了一下说,"我们扶你到树林里躲起来吧!"

"那怎么行?你看我这脚,怎么能走?再说,"我指了指泥地上的脚印,"敌人会顺着脚印追来的。"

这下子孩子们都直了眼啦。扶我走吧,走不脱;扔下我跑吧,他们舍不得;不跑吧,又没有别的办法。三个孩子直望着小来红,小来红两眼盯着我那深陷在泥里的脚印,急得直抓头皮。我催他走,他也不应声。忽然他眼珠滴溜儿转,问我:"叔叔,你会骑马吗?"这句话问得我摸不

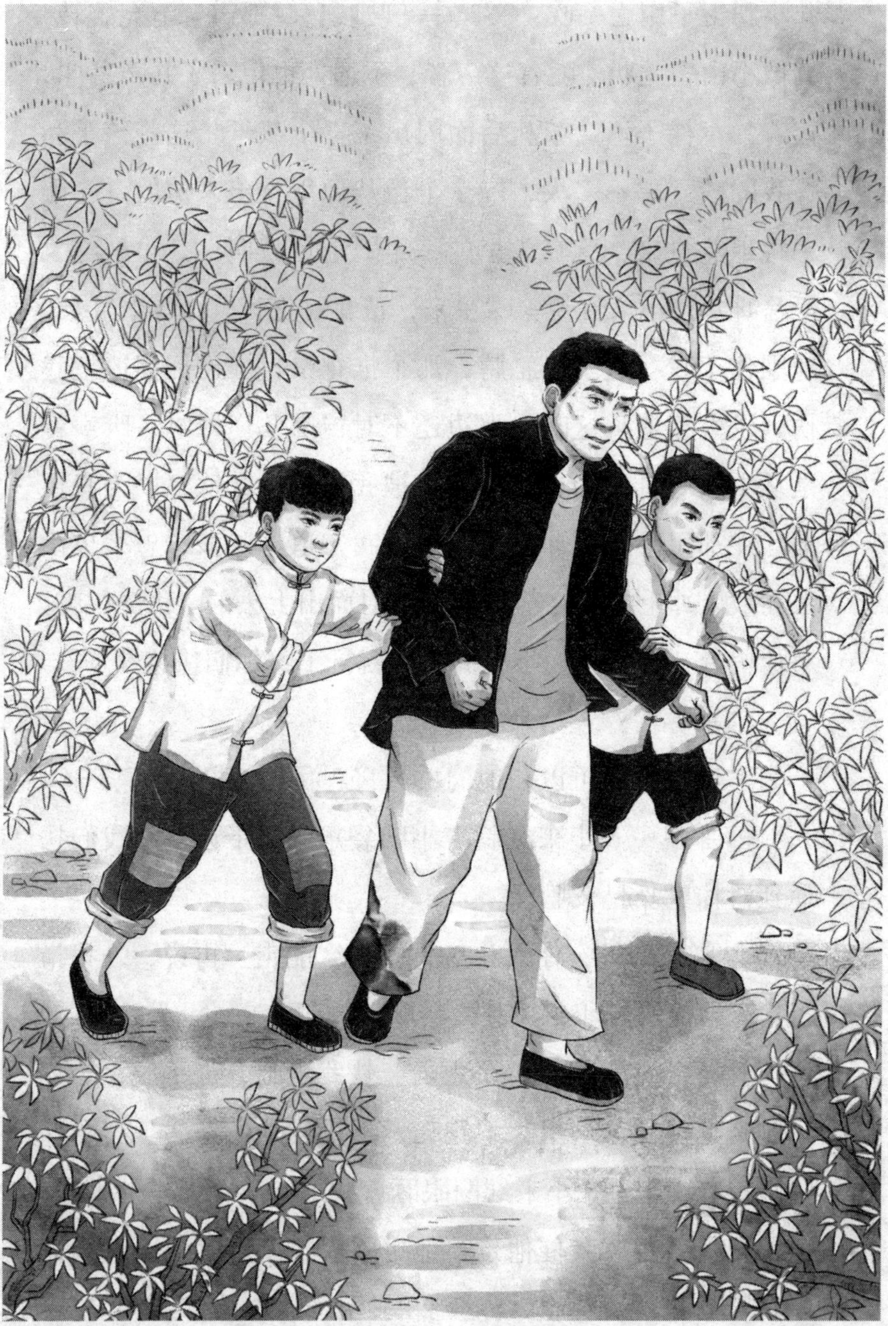

着头脑,我当过骑兵通信员,当然会骑马啰,可是他问这干啥呢?我疑惑地回答:"会呀。"他一听,顿时高兴了,且不答我的话,却转身对另一个孩子说:"二伢子,快去把咱那'大黑蹄'牵过来!"随着二伢子跑去的方向,我才发现不远处树上拴着一头半大的牛犊子。

等二伢子把牛牵过来,小来红便对我说:"叔叔,你骑上牛走吧,这样走得快,也就没有你的脚印了。"说罢,就向孩子们招招手,七手八脚地把我扶到牛背上。他牵着牛在我们待的地方转了两圈儿,把我们的脚印踩乱了以后,又对我说:"叔叔你抱着牛脖子,可得抱紧点哪!"说完又大声命令孩子们:"二伢子,你牵住缰绳,来贵和小榕赶屁股。你们顺着大路走,拐过树林子就奔枫树沟找我妈,给叔叔包伤口。"他说得那么清楚,那么干脆,简直像个小指挥员。说完,他把自己的棕蓑衣披到我身上,随手又把我的两只鞋脱下来,抬手照着牛屁股"啪啪"就是两鞋底。牛一拧尾巴,头一摆,急急地往前走了。

随着小来红这一阵忙乱,我慢慢明白了他的意思。当时,我一时也想不出别的办法,又怕再拖延时间,敌人上来了反倒坏事,再加上伤口灌进了雨水,痛得我一阵阵眼前发黑,只好随他们摆布。我嘱咐了一句"小来红,你也快跑开吧!",便抱紧了牛脖头。于是二伢子拉着缰绳飞跑,另两个小鬼每人拿根树条子,使劲抽打着牛屁股,倒也真快,眨眼走出了好远。

走了一段路,我扭头看看,小来红早已离开了大路,正穿着我的两只鞋,借着一行小树丛做掩护,弯着腰,踏着山根的泥泞,蹒跚地向左方树林子走去。在他身后留下了一长串我的鞋印子。当我走到林边,快要转到林子后面时,再扭头看看,小来红已经到了林子边上。而这时,山头上也已经出现了人影——敌人登上了山头,但因为有树林挡着,他们已经看不见我们了。

这三个小鬼用牛载着我,绕过树林,走进了对面的大山,然后才扶着我钻进了一个僻静的岩石缝子。这里藏着好几个村反围攻的老乡们。小来红的妈妈——一个四十多岁的大娘给了我一块干粮吃着,又帮我把伤口包扎起来。

直到这时,我才从孩子们的口里知道,这个名叫小来红的孩子姓何,才十一岁,是当地"列宁小学"四年级的学生,又是本村童子团的团长。听说敌人要来,村里的青壮年都打游击和支援红军去了,老幼和妇女躲进了山里。这时,小来红就自动组织起全村的儿童,担任了侦察、放哨和联络等工作。他自己带了一个组正在放哨,听到了枪声,他一面派一个孩子回来报告,一面领着这几个孩子帮助我脱险。

在这段时间里,我从心里感谢这些孩子们,更佩服小来红的勇敢和机智,可心却一直悬着:我骑在牛背上,敌人是找不到我的足迹了。可是小来红呢,他一个人走了另外一条路,又偏偏穿着我的鞋子,我知道他这样做是为了转移敌人的注意,可是如果敌人随着脚印追进林子,那他……我越想越担心，真后悔当时没有让他跟我们一块儿走。

　　我正在着急，小来红却平安地回来了。他一手提着我的那双鞋，一手抓把山果子，一蹦来到我的面前，说："叔叔，你伤口还痛不？吃点果子吧！"这时，我心里的一块石头落了地，我高兴地把他抱在怀里，摸着他那被雨水打湿了的小脑袋，问他："你怎么回来的？我还以为你叫白鬼子抓去了呢！"他歪着脑袋故意噘噘嘴说："抓了去可没那么容易！"接着他告诉我，他一钻进林子就把我的鞋子脱下来，然后踏着树根钻进了林子深处，爬到一棵树上，摘起果子来。他看见白鬼子果然被我的鞋印引到林子里来，但是脚印没有了，他们不熟悉林子里的路，自然啥也搜不到，只好灰溜溜地走了。

　　当天，我就在这个山缝里休息。夜里，村里出去打游击的壮年人回来了，他们弄了副担架，把我抬到了我们部队的驻地。

　　就这样，我又获得了一次生命，而且我得到了一伙机智、勇敢的小朋友。从这以后，每次打仗经过这里，我就去看看他们。直到长征开始以前，我还常和他们通信哩。

　　　　　　　　　　刊于《儿童时代》一九五九年第十六期

灯光

我爱到天安门广场走走,尤其是晚上。广场上千万盏灯静静地照耀着周围的宏伟建筑,令人心头光明而又温暖。

清明节前的一个晚上,我又漫步在广场上,忽然背后传来一声赞叹:"多好啊!"我心头微微一震,是什么时候听到过这句话来着?噢,对了,那是很久以前了。于是,我沉入了深深的回忆。

一九四七年的初秋,当时我是战地记者。挺进豫皖苏平原的我军部队,把国民党军五十七师紧紧地包围在一个叫沙土集的村子里。激烈的围歼战就要开始了。天黑的时候,我摸进一片茂密的沙柳林,在匆匆挖成的交通沟里找到了突击连,来到了郝副营长的身边。

郝副营长是一位著名的战斗英雄,虽然只有二十二岁,已经打过不少仗了。今晚就由他带领突击连去攻破守敌的围墙,为全军打通歼灭敌军的道路。大约一切准备工作都完成了，这会儿，他正倚着交通沟的胸墙坐着，一手拿着火柴盒，夹着自制的烟卷，一手轻轻地划着火柴。他并没有点烟，却借着微弱的亮光看摆在双膝上的一本破旧的书。书上有一幅插图，画的是一盏吊着的电灯，一个孩子正在灯下聚精会神地读书。他注视着那幅图，默默地沉思着。

"多好啊！"他在自言自语。突然，他凑到我的耳朵边轻轻地问："记者，你见过电灯吗？"

我不由得一愣，摇了摇头，说："没见过。"我说的是真话。我从小生活在农村，真的没见过电灯。

"听说一按电钮，那玩意儿就亮了，很亮很亮。"他又划着一根火柴，点燃了烟，又望了一眼图画，深情地说："赶明儿胜利了，咱们也能用上电灯，让孩子们都在那样亮的灯光底下学习，该多好啊！"他把头靠在胸墙上，望着漆黑的夜空，完全陷入了对未来的憧憬里。

半个小时以后，我刚回到团指挥所，战斗就打响了。三发绿色的信号弹升上天空，接着就是震天动地的炸药包爆炸声。守敌的围墙被炸开一个缺口，突击连马上冲了进去。没想到后续部队遭到敌人炮火猛烈的阻击，在黑暗里找不到突破口，和突击连失去了联系。

整个团指挥所的人都焦急地钻出了地堡，望着黑魆魆的围墙。突然，黑暗里出现一星火光，一闪，又一闪。这火光虽然微弱，对于寻找突破口的部队来说已经足够亮了，战士们靠着这微弱的火光冲进了围墙。围墙里响起了一片喊杀声。

后来才知道，在这千钧一发的时刻，是郝副营长划着了火柴，点燃了那本书，举得高高的，为后续部队照亮了前进的路。可是，火光暴露了他自己，他被敌人的机枪打中了。

这一仗，我们消灭了敌人的一个整编师。战斗结束后，我们把郝副营长埋在茂密的沙柳丛里。这位年轻的战友为了让孩子们能够在电灯底下学习，不惜牺牲自己的生命，他自己却没有来得及见一见电灯。

事情已经过去很长时间了。在天安门前璀璨的华灯下面，我又想起这位亲爱的战友来。

早晨

列车再过十五分钟就要进站了,可我还没拿定主意:到底是下车还是不下车?

本来,归途的计划早在家里的时候就订好了:剩下五天时间,坐三天火车,用半天的时间渡海,还有一天多的时间,或者是在哪个滨海城市里逛逛,或者是在上班之前休息一天,和同志们聊聊这次休假回家的见闻。但是,这个看来挺好的计划,眼看就要被一件偶然的事情搅乱了。

半个钟头以前,车厢里还黑沉沉的,我正睡着,忽然耳边传来列车员的声音:"各位旅客,有下车的没有?前方停车站是……"大概列车员怕打搅了旅客的清梦,故意把声音压得很低。但我还是醒了。列车员报出的那个城市的名字,一下子冲进了我的耳朵,使我猛地一惊,顿时眼前浮起一张苍白的脸和一双乌黑发亮的眼睛。那是班长傅传广。十年前,他就是用这双眼睛盯着我,说:"要是将来胜利了,再到这里来看看,那有多好啊!"这个愿望,傅传广同志是不能实现了,但是我呢?我忽然涌起了一个念头:下车去看看怎么样?

其实,这个念头也不是现在才有的。自从当年我躺在担架上穿过那个被炸坍了半边的城门洞子、离开这个城市的那一刹那起,这个想法就埋在心窝里了。但是,就从那一天开始,总是步步往南走,一直走到海边,渡过了大海,在一个小岛上一住就是近十年,这事就只能搁到心里了。其间,每当和几位老战友凑到一块儿,天南地北地闲扯的时候,总少不了要谈到这次战斗,谈到傅传广同志,而且不管谈多久,照例是用这句话来结束的:"这会儿,要能去看看有多好啊!"现在,这个地方就在眼前,如果把休息的那一天时间挪到这里,下了车,办办签字手续,然后走进城去……

这个念头是那么使人激动,我怎么也躺不住了,索性坐起身,撩起窗帘,向车外望去。天快亮了,左前方远处,浮现出一片鱼肚色的亮光。几片轻纱似的薄云正缓缓地向高处移去。被这白色的晨光衬托着,城市的轮廓渐渐显现出来。接着,郊区那矗立的烟囱、高大的厂房都看得清楚了。就在这些建筑物后面,突然露出了一座古塔。高大的古塔的身影,像欢迎什么人似的,正急急地向前移来。对,当年那一切都发生在这里,发生在离那古塔不远的地方。瞬间,一切变得清楚而又简单了。我伸手从衣钩上取下衣帽,穿戴整齐，抓起行李便下车了。

办完了签字手续，把行李存妥，在车站小摊上胡乱吃了点东西，便往市内走。可是，当我走到那拥挤的人行道上时，才发现自己这新计划里有一个明显的疏忽：对于所要去的地方，在我脑子里只有一幢房屋的印象，至于这所房子在哪条街上，我根本不知道，而今，要从这千万间大小房屋中找到那幢并不显眼的房子，实在是件难事。幸好，那座古塔还在，它标明了一个大概的方位。于是我便望着古塔走到了城东北角，找到了当年攻城时的突破口。往后呢，就只好凭着自己的记忆，按照战斗发展的方向和能够依稀记起的方位物，慢慢往前寻找了。

说来奇怪，当我在那遥远的海岛上想到这个城市的时候，当我从车窗口凝望着它的时候，我知道，城市一定是变了。十年了嘛，我上岛时栽上的果树都已经收过四次了，城市怎能不变呢？可这会儿沿着马路往前走着的时候，我却怎么也摆脱不掉战时的感觉。那一幅在晨光中模糊辨认出来的战斗情景，总是顽强地在眼前浮现出来。

看，那不是那堵高墙吗？在投入冲锋之前，我们就在这墙根底下隐蔽过，在这里啃过几口干粮。那时候这块大粉皮墙上写着一个大大的"当"字。现在，那刺眼的字被一幅画代替了，上面画着三个胖娃娃，咧着嘴，扛着个大棉桃。

喏，街口上那棵大刺槐树还在那里。不过记得那棵树原是在铺面后面的大院子里的，那时这院子是团的后勤处，领弹药的骡马驮子，抬伤员的担架，来来往往，正是个热闹地方，我就是在这里换过药，然后被抬出城去的。可这会儿，那树仿佛长了腿，跑到人行道上来了。树下是个新建的大文具店。

就是这些表面无法辨认的标志，呼唤着我的记忆，引导着我跨过大街，弯过小巷，最后，来到了一条巷子里。

按照走过的道路计算，那房子差不多该是在这条街上，可到底是哪座房子呢？因为从巷口开始，部队就靠打穿墙壁向前发展，如今从巷子里是一点儿标志也找不出来了。我沿着路边一面走一面张望，一连走了两个来回，还是一点儿头绪也没有。

这时，已快七点钟了。太阳从巷子尽头的树梢上露出来，把街心抹上一层金色。我实在有点沉不住气了，决定找个人打听一下。就在我四处打量的时候，一眼看见一个六七岁的男孩子从对面跑过来，看样子心挺急，不知怎么腿下一绊，摔倒了，手里的一个纸包甩出了好远，孩子"哇"的一声哭了。

我抢前几步想去扶他，忽然前面大门里一件白色衣服一闪，一个人飞似的来到孩子身边，把他扶起来。这时我才看清，原来是一个长辫子的姑娘。她一面搀着孩子走，一面爱抚地拍打着孩子身上的土，安慰地说："你忘了我给你们讲的那个故事了！那个解放军叔叔叫敌人打得浑身都是血,人家连一滴眼泪也不掉!喏——"她一眼看见我,向我笑了笑,"不信你问问这个叔叔!"

不知是孩子想起了所说的故事呢,还是我这身军装的效用,孩子怔了一霎,看了看我,两眼使劲一闭,挤出了两滴泪水,笑了。他向姑娘身边偎偎,把纸包递到她手里说:"给,我妈叫我带给你吃的,是她自己做的呢!"

姑娘笑笑,领着孩子走进路南的一个大门里去了。我随着他们的背影向门里瞥了一眼:一座楼房,正对大门的窗子忽然开了,两个小孩的脑袋伸出来,齐声叫道:"老师好——"说完,两个蝴蝶结一闪,小脑袋又不见了。

"是什么时候见过类似的一幅情景?"我心里一动,便跨进门去,对着楼房仔细端详起来。

这是座不大的二层楼,看样子是修葺过了,青灰抹过的砖缝,整整齐齐的,窗棂上也刷上了崭新的乳白色。但还是看出来了,不错,是它!看,从左数第二个窗子旁边,约有一尺见方的地方,砖是新补上的;原来那里被敌人打穿做了枪眼,一挺美造机枪的枪管就从那里伸出来。正门两侧窗框上的砖块参差不齐,像被谁用刀砍了一阵似的,那是被我们的机枪扫的,因为那里有一挺"汤姆式"正封锁着突击道路……我漫步向楼上走着、看着,就是这些特征,把我引进一个深深的回忆里去了。

那也是这么一个晴朗的早晨。我们班连着向这座楼突击了两次都没有奏效,最后只好用爆破了。就在机枪压住了敌人的火力，爆破员夹着炸药冲向楼门的一瞬间，楼里一阵乱，传来了敌兵的咒骂声和孩子惊乍乍的哭喊声。接着呼啦一下子，楼上几个窗子全打开来，五六个敌兵，每人手里抓住一个五六岁的孩子，把他们狠狠地按在窗台上。孩子们哭喊着、挣扎着，两手悬空乱抓，拼命地踢蹬着小腿……就在这些娇嫩的小腿中间，一支支乌黑的枪管伸出来，向着我们瞄准、射击了。

就在这紧张的时刻，班长咬着牙向机枪射手挥了挥手，大声喊道："停止，停止爆破！"

枪声暂时停止了，战场上顿时静下来。这种寂静是难耐的。孩子的哭声显得更凄惨、更揪心。窗上的孩子大部分都离开了，但还有两个敌兵仍然抹着孩子的腰，故意在窗口上晃来晃去，一面大着胆子把脑袋从孩子身边伸出来，阴阳怪气地叫道："炸呀！有种的来炸呀！"

没有比这再急人的了。望着敌兵那狰狞的面孔和那一条条乱踢乱蹬的小腿，我觉得眼前一阵阵发黑，心尖子仿佛被那些小腿蹬着，麻沙沙地疼。"怎么办呢？"我们的眼都转向班长了。班长还像冲锋前那样，单腿跪在窗前，脸颊紧贴着窗边的墙壁。汗，像小河一样流着，把墙皮湿了一大片。他眼里布满了血丝，凶得怕人，从和他相识以来，我就没有见到他的眼这么凶过。他就这么呆呆地望着，手正在扭动着胸前的衣扣，一个衣扣碎成两半，脱落了，又揪住了另一个……蓦地，他把揪在手里的一个扣子一扔，压低了声音命令道:"上刺刀!"

我和班长抬着梯子向楼房奔去。当敌人弄清了我们的行动,开始还击时,班长已经攀着窗口跳进楼里。我紧跟着他攀上窗口,他已把赶上前来的一个敌兵戳翻了。另一敌兵正一手抓着个孩子的衣领、一手提枪向窗口奔来,一见班长进来,竟举起孩子,恶狠狠地向他砸过来。就在这紧急的当口,只见班长把枪往臂弯里一挂,摊开双手,猛地接住了孩子。随着向后趔趄的劲,身子一侧歪,把孩子挡在胸前。可就在他这一转身的工夫,身体的侧面暴露给了敌人,敌人一个前进刺,刺刀戳进了他的肋下,他倒下了……

事情过去已经整整十年了。现在看着这陌生却又熟悉的景物,回忆起当时的情形,我的心还像被谁捏着似的,痛得钻心。那以后……记得战斗发展到楼东头的房子里,我们被敌人打出来过一次,还看见班长一手捂着伤口,在走廊里爬来爬去地招呼孩子。再往后,他牺牲的情景也还能记得起来,不过……那一切似乎不是发生在这楼上。到底是在哪里呢?一时却记不起来了。

我正苦苦地想着呢,忽然楼下一个人叫起来:"哟,在这里呢,我说你不能到别处去嘛!"听声音是个老太太。

也许因为这句话正巧接上了我的思路,我的注意力一下子被吸引过去了。接着,是一个年轻女人在热情地招呼:"我刚想去接呢,你又跑一趟。"

"嘿，"老太太说，"前些日子闹得你星期天也捞不着休息；这下子可好，连晚上也得拖累你啦！真是……"

"大娘……"

"不光是孩子哩，还有这，"老太太把一包什么东西"扑通"一声扔在地上，说，"他爸爸捎信来，说急等着穿，他妈下乡了，又得两个月才回来，我又碰上这么个事……你给拆洗拆洗寄走吧，反正地址你也知道。唉，要不是他姑生孩子事急，怎么我也不肯麻烦你呀！"

"大娘，您说到哪里去啦，这是我应该做的嘛！"

"应该！这也应该，那也应该，你就不该歇歇？……反正说你也不爱听，就这么着吧，我得去收拾收拾上车去啦。惜华，晚上跟着老师睡，可得听话啊！"听脚步声，老太太走了，一面走，嘴里还在唠叨着，"真是实心实意呢！……唉，不知道是什么人，调教出这么好的人来……"

直到听到末了这句，才弄清老太太夸赞的是这里的一位老师。我忽然动了个念头：找找这位老师，请她谈谈关于这座房子的变化。

楼前是一块空旷的院子，院子正中，有十几个孩子正围着一个花坛忙着栽花。离花坛几十步远处，紧靠院子的西南角，独独地长着一大丛美人蕉。花旁堆着一些砖块，也有一群孩子挤在那里，其中有一个姑娘，大概就是刚才说话的老师了。他们有的拿棍子，有的拿锹，正在吃力地撬着一块水泥地板的碎块。有一个孩子眼尖，发现了我，便扯着小嗓子喊道:"解放军叔叔,来帮帮我们哪!"

这一叫,那位老师也直起腰望着我了。我一看,原来正是我在门口碰见的那位姑娘,看来她不过二十岁,细长个儿,长脸盘,腮上有一个很深的酒窝。那红通通的脸,那望人的神情,都还流露着一股孩子气。再配上两条长辫子和那身稍稍嫌长的白底花点的连衣裙,不知怎的,我觉得她不大像个老师,倒像个大孩子。她见我走过去,连忙搓掉手上的泥巴,把垂在胸前的辫子往后一扔,笑着问道:"有什么事吗,同志?"

"没有,随便看看。"为了不使她继续追问下去,我伸手从一个孩子手里抓过十字镐,照着石块的边缘狠狠地刨下去。

"谢谢你,同志!"等我把这块水泥片子掀起来,搬到墙根下放好以后,她热情地和我握握手,说,"这房子去年才拆掉,这些碎砖烂瓦,清理了好久也没弄干净。"

房子?听她这么说,我心里一动,不由得四下里打量起来。她大概想起了我"随便看看"的那句话,又介绍起来:"看,这花,全是同学们栽的呢。"

看看花坛,花栽种得十分匀称,花种花色配搭得也很得当,看得出设计人的精巧的心思。可惜这一丛极好的美人蕉栽得不是个地方,太偏僻了。

听了我的意见,她的脸上顿时浮上了一层红晕。"这……"她嗫嚅了半天,忽然转身指着楼房说,"你看,几个教室的黑板都在东头，上课的时候打窗子里一望，就可以看见它了。"

我一听，不禁笑了：到底还是个年轻人，上课嘛，还看花。

她大概看出了我的意思，脸更红了，一直红到了脖子根，语气却变得严肃了："你别笑嘛，看着它，课会上得更好！"

"为什么？"

"因为，"她更严肃了，声音更缓慢了些，"当年这里曾经牺牲过一个解放军同志！"

她的话还没落音，我心里一亮，一下子都想起来了：是这里，就是栽着一丛红花的这个地方。那时候，这里是一间房子。那场肉搏战结束了以后，因为我胳膊上受了伤，在继续向前发展的时候，副班长要我留下来照顾班长，顺便收容一下那些孩子。我把孩子们哄到一个房子里以后，找了好大一会儿，才在这小屋里找到了班长，原来卫生员为了担架走动方便，把他背下来了。

我进房的时候，班长紧闭着眼睛，躺在水泥地上，正急促地喘息着。血，随着呼气，不停地冒着血泡，从伤口里涌出来。在他身边趴着个小女孩子，我认出，她就是拼刺刀时班长用手接住的那个孩子。她趴在班长的肩膀上，正叉开小手扒着他的眼皮，一面轻轻地叫道："叔叔，你说，我长大了能找到我的爹妈吗？你说呀……"看见我进来了，慌忙停住了嘴。

"能，一定能！"半天，班长才应了声，随着睁开了眼。一看到我，指了指孩子说，"看，这孩子非要跟着我不行。知道吗，这里是个孤儿院哪！唉，没爹没娘的……"他痛苦地咬住了牙，眉头皱起一个大疙瘩。

他喘息了一阵，又伸手抚摸着孩子的头，问道："珍珍，你长大了，除了找你爹妈，还干什么？"

"我就走！"孩子说，脸上流露出一种果决的神情，"我走了，嬷嬷就再也捞不着打我啦！"

这话说得真揪心。班长长抽了口气说："看，孩子的心眼都给堵得死死的了。对于将来，这孩子要求得太低啦！"他抱着孩子的脑袋，仔细看了一阵，忽然脸色舒展开了，眼睛变得乌黑发亮——每逢谈到顺心的事，他就是这个样子的。他向着我动情地说："老刘啊，要是将来胜利了，再到这里来看看，那有多好啊！"

就在这时，卫生员带着担架来了，我们正要扶他上去，谁知他的伤势突然恶化了，喘息得更急了，血大口大口地涌上来。他竭力地压着喘息，向我望了一眼，伸手指了指口袋。他的意思我明白，是想找点什么留给孩子。但是，在一个突击班的战士身上能找到什么呢？我翻遍了他的所有的口袋，只找到了一个小笔记本。他闭上眼睛，攒了攒力气，然后对着孩子说："好孩子，记住！长大了以后，不管什么事，只要是为了将来的，是为了人民的，就应该下劲去做！哪管是一星半点……"

话就在这里停住了。孩子怔怔地听着，还在一股劲地揉着班长的胳膊："叔叔，你说呀！……"

但是，这位叔叔的话已经说完了，他永远不能再对她说什么了。

我知道，要让这么小个孩子懂得这个道理是困难的，但是，这是一个战士心里的声音，一个战士留下的遗嘱啊！我掏出钢笔，把这句话端端正正地写到小本子上，交给了孩子……

十年了，当年的房子已经拆除，连我对这地方也记不真切了，怎么这个年轻姑娘竟知道这里曾经牺牲过一个同志？莫非她就是……但是那次傅传广同志救出的孩子很多，她会不会是听别人讲的呢？而且，我怎么也不能把这个美丽、热情、俨然成人的姑娘和那个满脸泪痕的女孩子联系起来。我忙问了一句："你知道这件事？"

"怎么不知道？我还是那个同志救出来的呢！那时候我才这么高。"她比量着身边一个小学生说着。说着，她突然脸一红，仿佛说到这里才意识到自己的年龄，忙把话回到刚才的话题上去，动情地说道："你不知道哇，同志，这地方，教我懂得了好多东西呢！"

这几句话她说得很慢，但是那么坦率，那么真挚。我情不自禁地又看了看那簇红花。那盛开的花朵，这会儿正被早晨的阳光照耀着，像一簇火苗一样，又亮，又红。花，使我想起了那血和火的日子，想到了这个姑娘，也想到了刚才那老太太的话。是的，这火一样红的鲜花，如同是烈士的鲜血；这鲜花一样的青年人，就是战士的血调教出来的孩子啊！

那姑娘显然也激动了。她弯腰从花根底下摸出了一个皮面的笔记本，一面开拉链，一面直盯着花丛说道："看到这地方，我就想起我小的时候听到的一句话：'长大了以后，不管什么事，只要是为了将来的，是为了人民的，就应该下劲去做！'……"

笔记本打开了，在那透明的胶板底下，压着一个红红的小笔记本。

我再也不能控制自己的感情了，一下子把话接过来："哪管是一星半点……"

她愣住了。她呆呆地望着我。在那长长的睫毛下面，在那双清亮的眼睛里，我又看见了一簇花。这花像她面前的花一样，亮闪闪的。

就在这一刹那，她抓住了我的手，激情地叫道："叔叔！……"

一九五九年九月九日